우리 삶에 민주주의는 없다

도서명 | 우리 삶에 민주주의는 없다

발 행 | 2024년 07월 18일

저 자 | 김상봉

펴낸이 | 한건희

펴낸곳 | 주식회사 부크크

출판사등록 | 2014.07.15.(제2014-16호)

주 소 | 서울특별시 금천구 가산디지털1로 119 SK트윈타워 A동 305호

전 화 | 1670-8316

이메일 | info@bookk.co.kr

ISBN | 979-11-410-9595-6

www.bookk.co.kr

우리 삶에
민주주의는
없다

김 상봉 지음

차례

시작 글 11

　생각 풀기 13

책을 내며 19

　예정 없는 삶 21

1장. 누구 눈으로 볼 것인가 27

　해동 육룡이 나라샤 29

　　조용한 가족 32

　　우리 삶에 민주주의는 없다 35

　　거꾸로 보기 36

　범사에 의심하라 39

　　철학 하는 사람들 등장 40

　　불신을 전제로 하는 민주주의 제도 44

　　생각의 무능 46

　자기 눈으로 보기 49

　　영화 〈기생충〉 50

　　노예의 변증 53

　　철학을 세워야 삶이 보인다 54

2장. 받아봐야 줄 수 있다 57

콩 심은 데 콩 난다 59

지존파 60

성장의 텃밭인 공동체 63

학교 종이 땡땡땡 65

규율과 폭력에 길들다 68

차별은 존재한다. 살아남자!!! 70

군대에서 스러지는 청춘 73

과거는 흘러갔다 76

윤 일병, 임 병장 78

군사문화에 물든 대한민국 80

보수와 진보 83

진보도 보수도 없는 대한민국 85

3장. 존엄에 관하여 89

보편적 인간의 탄생 91

3 · 1운동으로 대한민국이 출발하다 96

귀천은 있다 100

헌법의 세 가지 존엄 105

여성에게 씌워진 굴레, 모성애 108
점심 시간도 없는 비정한 대한민국 112

존엄 없는 삶 115
즐거워야 할 노동이 외로운 작업으로 116
소외 118

사람답게 산다는 것 123
게으를 권리 124

4장. 누구를 위하여 알람은 울리는가 127

노동과 근로 129
나를 위한 노동, 남을 위한 근로 131
모든 노동은 사회적 133

근로의 권리는 없다 135
피의 입법 137
나는 누구인가 139

청소년 노동 143
자본주의와 아동 노동 144
청소년을 짓밟고 진행된 조국 근대화 145
즐겁게 웃으며 뛰놀아야 할 청소년 148

이상한 가격 결정 151

동물 같은 감각으로 단결하는 권력 154

최저임금은 경고장 156

5장. 삶에 깊은 영향을 끼치는 정치 · 경제 159

돈이 사람을 지배하다 161

민주주의와 상극인 자본주의 163

전철 노선 길이와 반비례하는 삶의 질 165

사람과 닭의 비슷한 듯 다른 삶 168

권력 쥔 사람들이 짜놓은 세상 171

법은 강자 편 173

법이 빼앗은 삶터 174

권력의 동반자 법원 178

모든 분야에 있는 법꾸라지와 법 기술자 182

힘없으면 법은 무용지물 185

반란군이 남긴 깊은 상처들 187

폭력 188

빈부 격차 191

인명 경시 193

비민주적인 사회 구조 195

신자유주의와 비정규직 197
신자유주의 198
돌 반지 내어주고 받은 고단한 삶 201
비정규직 202
영향을 주고받는 개인과 사회 204

6장. 경쟁에서 다시 협력으로 207

함께 사는 방식을 택한 인류 209
둘 이상 모이면 발생하는 갈등 211
조선족과 고려인 213
비싼 대가를 치른 지구 공동체 216

널리 세상을 이롭게 하라 219
국가 존재 이유는 모두를 잘 살게 하는 것 220
권력자에게만 '금'인 시간 223
주인이 주인 되어야 225

노동조합은 민주주의 학교 227
손발 묶은 홍정 228
자본주의가 잉태한 노동조합 229
대한민국 발전의 원동력인 노동조합 231
노동조합의 생명은 민주주의 234

7장. 삶 속의 민주주의를 향하여 237

전태일과 민주화운동 239

열세 살 여공 241

조영래 243

민주주의가 밥 먹여 준다 245

의식주 해결조차 힘든 대한민국 246

1987년 노동자대투쟁 248

당신이 먹는 것이 당신이다 250

폭력에 관하여 253

피를 먹고 성장한 민주주의 254

촛불로 세상을 바꿀 수는 없다 256

혁명에 마침표는 없다 258

맺는 글 261

민주주의가 모두를 자유케 하리라 263

참고문헌 265

시작 글

생각 풀기

강의하다 보면 불편해하는 표정이 눈에 들어올 때가 있습니다. 특히 초반에 그러는데, 중간쯤에 자유로운 발언 기회를 주면 대부분 다음과 같이 말합니다. 듣다 보니 자신이 뭔가 잘못 산 것 같은 생각이 들어 마음 편치 않고 강의 내용에서 주제 파악이 쉽지 않다는 것입니다. 그러한 마음이 드는 것은 강의에 적응하는 자연스러운 과정입니다.

권력자든 약자 처지에 놓였든 간에 우리는 모두 지금 사회를 만든 주체입니다. 권력 쥔 사람이라면 적극적인 역할을 한 것일 테고 무관심한 채 지배당하는 약자로 살아왔다면 삶을 방치한 책임이 있을 것입니다. 도덕적으로 잘잘못을 따지는 것이 아니라 팍팍한 삶에는 그에 상응하는 원인이 있다는 말입니다. 이는 당연한 세상 이치입니다.

강의 초반에는 생각 풀기를 합니다. 운동 전에 스트레칭으로 몸을 푸는 것처럼 딱딱하게 굳어있는 생각을 풀어주는 것입니다. 고정된 사고와 틀에 박힌 삶의 방식을 한 번 털어주지 않으면 나머지 강의를 들어도 온전히 자기 것으로 가져가기는 어렵기 때문입니다.

또한 눈 맞춤으로 정서 교감을 위한 분위기를 만들려고 합니다. 길거리 약장사도 일단 분위기 띄우고 사람들과 눈빛을 주고받으며 공감을 끌어낸 후라야 본론에 들어갑니다. 약 하나 팔기 위해서도 그렇게 공을 들입니다. 하물며 삶과 직결되는 복잡한 세상일에 관한 강의라면 더욱 필요한 준비 과정이라고 생각합니다. 더군다나 이러한 공부를 하다 보면 자기 삶 전반을 돌아보지 않을 수 없습니다. 그러니 처음 만난 사람이 하는 이야기를 들으며 편안한 마음을 유지하는 것은 쉽지 않은 일일 것입니다.

주제 파악이 어려운 것도 당연합니다. 노동문제를 예로 들어보겠습니다. 우리가 하는 노동이 과거 시대와 다른 점은 두 가지입니다. 먼저 오늘의 노동자는 신분이 속박되지 않은 자유인입니다. 둘째, 돈을 받을 목적으로 합니다. 두 요건이 충족된 상태에서 하는 노동이 근로입니다. 하지만 신분제 시대의 그것과 오늘의 노동이 같은 것으로 취급되곤 합니다. 노동의 역사와 시대별 차이에 대해 제대로 배울 수 없는 사회이기에 둘의 다름을 알지 못하는 것은 당연합니다.

흔히 말하는 '자유주의'가 특정한 세력만의 자유를 뜻한다는 진실을 알아야 오늘의 노동문제가 이해됩니다. 그러려면 지리상 발견부터 근대가 시작되는 세계 역사 흐름까지 볼 수 있어야 합니다. 중세 유럽의 봉건제와 장원경제가 무너지는 과정에서부터 자본주의의 태동과 산업혁명의 출발까지 그 흐름을 알지 못하면 오늘의 노동문제는 이해하기 어렵습니다. 마치 자신의 존재에 대해 알려면 조상의 조상까지 거슬러 올라가 보고 다시 부모를 거쳐 나에게로 되돌아오는 과정을 이해해야 하는 것과 같은 이치라고 할 수 있습니다.

삶의 문제를 설명하기 위해 역사를 넘나들며 철학과 법, 경제에 관한 이야기를 그물 짜듯 전개하기 때문에 일회성 이야기로 본질에 다가가는 것은 사실 불가능합니다.

이런 방식의 강의에 스며들기 위해서는 몇 가지가 필요합니다. 첫째, 자기 눈으로 보려는 노력을 기울여야 합니다. 둘째, 해당 주제의 역사적 맥락을 파악해야 합니다. 셋째, 현실의 자기 삶과 연결해야 합니다. 그래야 지식 쌓는 것을 넘어 자기 생각을 정리하는 진정한 공부 시간이 될 것입니다. 앞에서 떠드는 사람의 강의 내용에 감탄하거나 지적 충만만 안고 돌아간다면 진정으로 공부한 것은 아닙니다. 그것은 공허한 채움이며 금세 꺼질 거품입니다. 강의하는 사람은 길잡이 역할일 뿐 듣는 사람이 그 길을 직접 걷는 주인공이 되어야 합니다. 일회성 강의일지라도 그 시간은 다시는 돌아오지 않는 삶의 일부분입니다.

공부하녀 자기 삶에 비추어 생각해 보고 자신에세 질문을 던진 후 답을 구하는 과정이 있어야 살아있는 공부입니다. 사람은 몸으로 느끼면서 머리로 수긍해야 바뀌기 시작합니다. 나열된 지식의 습득만으로는 삶의 변화가 불가능합니다. 앞에 펼쳐진 문제의 원인과 흐름을 몸으로 이해하고 철학을 세워 세상을 정확히 볼 수 있는 힘을 길러야 삶의 변화가 가능하게 됩니다. 그럴 때라야 삶을 바꿀 마음이 생기며 세상에 목소리 낼 힘도 얻게 됩니다. 비로소 진정한 자기 눈을 뜨게 되는 것입니다.

지금까지 노동조합과 민주노총의 산별 연맹, 그리고 비정규직센터와 연구소에서 활동하며 많은 교육과 노동 상담을 했습니다. 상담의 경우 수당을 받지 못한 문제부터 부당한 발령이나 정리해고까지 다양한 사연을 다뤘습니다. 그런데 상담해 보면 개인의 차원을 넘어 구조적인 문제에 원인이 있는 경우가 대부분입니다. 하지만 당사자 대부분은 직장이나 사용자[1]를 비난하지는 않습니다. 감정에 호소하면 상황이 바뀔 것이라고 믿거나 국가와 법의 힘을 빌리면 사용자가 부당한 일을 철회할 것이라고 기대합니다. 이런 상태에서는 상황을 직시하기가 어렵습니다. 그럼에도 거의 모든 사람이 그런 자세를 보인 이유는 자기 삶의 주인으로 살아본 적이 없기 때문이라는 생각을 하게 되었습니다.

---

1 사용(使用): '사용자'는 공식 용어다(근로기준법 제2조). 물건 쓰듯 사람을 부린다는 뜻을 법적 용어로 받아들인 것만 봐도 동등한 근로계약 관계는 처음부터 불가능한 일이다.

교육의 경우도 크게 다르지 않았습니다. 일단 우리 사회에서 노동교육이라고 하면 법 중심이 대부분입니다. 이는 매우 잘못된 일입니다. 그래서인지 강의를 듣는 대부분의 사람이 주입식으로 달달 외워서 머릿속에 집어넣으려는 의욕이 앞섭니다. 열심히 필기하거나 강의 자료 화면을 사진으로 담느라 바쁩니다. 또한 노동문제에 관한 이해를 돕기 위해 설명하는 역사와 철학, 정치경제학 등의 이야기에 적극적인 관심을 보입니다. 하지만 본질인 노동문제는 뒤로 밀려나고 인문학 강좌로 받아들이는 경우가 대부분입니다. 주제를 놓치고 이내 사라지는 신기루입니다. 이런 현상은 개인이건 단체건 심지어 노동조합이라고 해도 다르지 않았습니다.

경제 규모의 성장은 민주주의가 발전한 것처럼 보이게 하는 효과가 있습니다. 인권이나 민주, 자유가 넘치는 세상으로 착각하게 합니다. 하지만 오늘의 대한민국에서는 인간의 존엄이나 삶의 질이 오히려 후퇴하고 있습니다. 그럼에도 본질에 접근해 문제를 해결해 보려는 노력은 보이지 않습니다. 이렇게 된 데에는 민주주의에 대한 잘못된 이해가 끼친 부정적인 영향이 적지 않습니다. 그런 까닭에 민주주의를 이해하는 방법에서도 민주화가 필요하다는 주장은 큰 의미가 있습니다.[2]

2 최장집, 『민주주의의 민주화』, 후마니타스, 2006, 6쪽.

민주주의는 개인의 삶이 행복과 평화로 채워질 때 의미가 있습니다. 그렇게 되려면 일상에 민주주의가 흘러야 합니다. 자기 인생의 주인으로 살 수 없거나 삶에 결정적인 영향을 끼치는 정치나 경제 문제에 개입할 수 없다면 그 사회를 민주주의가 흐르는 곳이라고 할 수 없습니다.

이러한 생각의 초입까지 독자를 안내하는 것이 이 책의 역할입니다. 고민하고 찾아보고 철학적 성찰을 거쳐 변화를 위한 실천으로 나아가는 것은 독자의 몫입니다. 모든 이가 경쟁 없이 서로 도우며 행복을 나누는 세상을 만드는 과정이 곧 사회 속 인간의 삶이라는 생각으로의 전환에 작은 계기가 될 수 있기를 기대합니다.

세월은 거름이 되어 다시 새싹을 돋아나게 합니다. 그것은 단지 새로운 싹이 아니라 땅속 깊은 곳의 자양분을 머금은 묵직함을 담고 있습니다. 이 책은 노동운동하는 노동자로서, 사회와 정치경제 연구자로서, 아픈 이 없이 모두 웃는 세상이 되기를 꿈꾸는 한 사람의 이야기 모음이 되었습니다.

책의 내용과 겉모습을 직접 만드는 일은 디지털화된 세상이기에 가능했습니다. 맑스가 예견한 바와 같이 우리가 사는 자본주의 사회의 변화와 발전이 새로운 사회를 잉태하고 있음을 피부로 느낄 수 있는 예라고 할 수 있겠습니다. 책이 인쇄·제본되어 전달되기까지 힘을 보태준 모든 노동자에게 감사드립니다. 당연히 독자께도 고마움의 마음을 전합니다. 지금부터 자신과 마주 앉아 대화하는 마음으로 읽어나가기 바랍니다.

책을 내며

예정 없는 삶

아들의 초등학교 입학 며칠 전이었습니다. 일하던 곳에 연차휴가를 신청하자 무슨 그런 일로 쉬려고 하냐는 핀잔이 돌아왔습니다. 그런 일이라니, 어쨌든 갈 것이라는 말을 남기고 입학식에 참석했습니다. 징계나 해고는 없었습니다. 그 이후 벌어진 이런저런 일이야 비정규직 노동자라면 누구나 겪었음 직한 것들입니다. 하나를 보면 열을 안다고, 용역회사는 원청에서 지급한 임금 갈취, 직무교육비 착복은 기본이고 자잘한 것까지 빼앗아 이익으로 갖기 위해 혈안이 되어 있었습니다. 결국 근로기준법조차 헌신짝 취급하는 부당함에 맞서기 위해 동료들과 노동조합을 설립했습니다. 외환위기(IMF 사태)를 지나 본격화하던 신자유주의 광풍 속에 비정규직 노동자로서의 경험은 노동운동이라는 새로운 삶의 시작이었습니다.

노동조합 출범 후 노동법[3]을 꼼꼼히 뒤져 사측의 불법행위를 밝히는 데 힘썼고 침해당한 권리를 찾기 위해 노력했습니다. 비정규직의 한계상 법 적용이 불가한 부분도 있다는 노동부의 태도에 대법원 판례까지 찾아내 설득했습니다. 결국 근로감독관이 우리 호소에 귀를 기울여 자신이 조사해 만든 많은 양의 자료를 검찰에 넘겼습니다. 하지만 시간을 끌던 검사는 결국 사측에 대해 무혐의 처분했습니다.

사측은 기습적인 징계와 해고 통보로 화답했고 우리는 이에 대응해 노동위원회를 찾아 공방을 시작했습니다. 위원들은 사측의 징계와 해고가 부당하다는 의견을 내면서도 비정규직이라는 계약 기간의 한계로 인해 법적 다툼에 실효성이 없다는 결정을 내놓았습니다. 이어 국가인권위원회와 헌법재판소도 찾았지만 이들 모두 헌법이 정한 국민의 기본권 보장에는 관심이 없었습니다. 이때까지만 해도 대한민국의 민주주의와 법치를 믿고 의지했지만 돌아온 건 실망뿐이었습니다. 국가 제도와 법이 인간다운 삶을 사는데 소용없다는 진리를 깨달은 것은 그나마 소득이었습니다.

이후 민주노총의 산별 연맹에 들어갔습니다. 처음에는 조직 이어 교육과 선전 업무를 맡았습니다. 그런데 그곳은 밖에서 생각하던 것과는 전혀 다르게 심각할 정도로 비민주적인 분위기가 지배하는 곳이었습니다.

---

[3] 노동법이라는 단일법은 없다. 「근로기준법」, 「최저임금법」, 「노동조합 및 노동관계조정법」 등 노동과 관련한 법들을 통칭 노동법이라고 부른다.

지도부는 패가 나뉘어 반목하며 노동조합들을 자기 세력으로 만들어 힘겨루기에 동원했고 간부들은 뒤에서 수군대며 관망만 했습니다. 대의원대회 참석 인원을 늘려 잡는 일도 거리낌 없이 했고 조합원들 앞에서 하는 약속과 뒤에서 하는 말이 달랐습니다. 도대체 왜들 이러는지 답답한 마음에 이유를 알만한 사람을 찾아가 물으면 원래 그런 곳이라며 한숨만 내쉴 뿐이었습니다. 그런가 하면 현장 노동조합은 연맹 임원이나 담당 간부에게 끌려다니는 손쉬운 방식에 익숙해져 있었습니다.

그때까지만 해도 노동조합은 어느 곳보다 깨끗하고 지적으로나 철학적으로 높은 품격을 지닌 곳이라 믿었습니다. 하지만 이런 상태라면 기업별 사안부터 사회의 본질적인 문제까지 산적한 과제를 풀어나가는 역할은 할 수 없겠다는 생각을 깊이 한 때였습니다.

엄혹한 신자유주의에 맞서 투쟁에 전념해야 할 때 꼼수와 비민주적인 방법으로 조직을 장악한 지도부를 상대로 한 충돌이 일상이 되다 보니 스트레스가 쌓여 몸이 상했습니다. 마지막으로 정상화를 요구했으나 거부당했고 그렇게 그곳을 나왔습니다. 선출직이 아닌 임명직 간부의 한계에서 역할은 거기까지였습니다. 조합원 한 사람 한 사람이 진정한 민주시민으로 거듭나지 않는 한 조직의 민주주의는 요원한 일이라는 진리를 온몸으로 느꼈습니다. 몸과 마음은 지쳤지만, 두 번째 소득을 얻은 때였습니다. 이곳에서의 경험으로 삶에서의 민주주의에 대해 깊은 생각을 했습니다. 그리고 내린 결론은 '공부만이 살길'이라는 것이었습니다.

지피지기 백진불태(知彼知己 百戰不殆), 적을 알고 나를 알면 백 번 싸워도 위태롭지 않은 법입니다. 하지만 적은 물론 자신에 대해서조차 알지 못한다면 백전백패는 불 보듯 빤한 일입니다. 자기 삶을 이해하고 정확히 보는 힘을 기르는 것만이 대한민국을 진정한 민주사회로 만들 수 있는 유일한 길임을 깨달았습니다.

민주주의가 소중한 까닭은 그 존재 여부가 모두의 삶에 깊이 영향을 끼치기 때문입니다. 어떻게 하면 민주주의가 넘치는 세상에 다다를 수 있을까. 답은 의외로 간단합니다. 왕도는 없습니다. 모래 알갱이가 모여 거대한 사막을 만들고 물방울이 흘러 깊은 바다를 이루듯 세상의 변화는 한 사람 한 사람의 자세 전환에서부터 시작합니다. 능동적인 자세로 삶을 들여다보면서 사회 구조를 정확히 알려는 노력을 기울여야 합니다. 그런 다음 공부와 현실을 접목하고 다른 이와 연대하며 실천해야 합니다.

세상에 영향을 줄 수 있는 사람은 아니었지만, 작은 범위에서나마 최선을 다하려 노력했습니다. 안양의 비정규직센터에서 십여 년 동안 활동하면서 노동을 비롯한 사회 전반의 문제를 들여다보는 연구와 공부에 많은 시간을 보냈습니다. 그러는 한편 자본주의와 민주주의, 헌법과 노동인권 등을 주제로 글 쓰고 강의하며 지금에 이르렀습니다. 좌충우돌하며 나이 들었지만, 인생 대부분의 시간 늘 함께 한 사랑하는 사람이 곁에 있고 아들을 얻는 기쁨까지 누린 감사한 삶이었습니다.

기억을 다 할 수는 없지만 살면서 낯부끄러운 일도 많았고 작은 자부심을 느끼는 일도 있었습니다. 이 모두 삶의 자양분이 되었을 것입니다. 그간 경험한 것과 공부의 결과들을 녹여 내어 이야기하려는 까닭은 모든 사람이 아프지 않고 싸우지 않으며 돈 걱정 하지 않아도 되는 행복한 삶을 살기를 바라는 마음이 간절해서입니다. 오늘도 살아있음에 감사합니다.

1장. 누구 눈으로 볼 것인가

해동 육룡이 나라샤

선전이라는 뜻인 프로파간다. 역사적으로 활용을 잘한 예로는 나치가 있고, 대한민국 독재자들의 애용품이었다. 부정적인 인식 때문에 이를 대신한 PR이 등장 했다.

1443년에 한글이 탄생했습니다. 공식 발표가 있기 전 만든 첫 한글 문헌이 용비어천가입니다.[4] 이 글은 자신들이 세운 나라의 정당성을 피지배자들에게 주입해야 하는 조선 지배 세력의 간절함을 담고 있습니다.[5] 세종의 조상이 여섯 마리 용이 되어 하늘에서 복을 내려주고 있으며, 중국의 역대 성현들까지 함께하고 있으니, 나라와 왕실을 믿으라는 것입니다. 권력층이야 이를 당연히 받아들였을 것입니다. 하지만 노비 같은 천민은 벗어날 길 없는 자신의 신분을 한탄하며 체념한 채 살았을 것입니다.

동서고금을 막론하고 새로 생긴 나라의 지배자는 예외 없이 자신들의 정당성을 널리 알리고 밝은 전망을 노래하는 데 노력을 기울였습니다. 강력한 권력을 쥔 세력은 선전을 통해 일방적인 주입으로 사람들의 생각을 조종해 순응하도록 만들었습니다. 그렇게 해서 권력을 더욱 다지고 대를 이어 지배자의 자리를 지켰습니다. 권력을 제대로 유지하려면 경제력을 쥐고 있어야 했습니다. 경제 권력을 위해서는 많은 수의 농민과 노동자가 필요했습니다. 그런데 이들이 주인의식을 갖게 된다면 지배 세력은 존재할 수 없게 됩니다. 그런 까닭에 지배 권력은 피지배자들이 노예의 눈으로 세상을 보도록 지속적인 이념 교육을 합니다.

---

4 **용비어천가 제1장**
海東六龍(해동육룡)이 나라샤 일마다 天福(천복)이시니
古聖(고성)이 同符(동부)하시니

5 최연식, 이승규, 「용비어천가(龍飛御天歌)와 조선 건국의 정당화」, 『한국동양정치사상사연구』, 7(1), 한국동양정치사상사학회, 2008, 249~268쪽.

한반도를 무력으로 점령한 일본 제국주의 세력은 침략의 정당성을 주입하고 자신들의 글과 말 그리고 왜곡된 역사관을 주입하는데 많은 공을 들였습니다. 이에 세뇌된 사람들은 일본 제국 신민의 눈으로 세상을 바라보며 일제의 침략을 옹호했습니다. 동포의 피고름을 짜내어 거머쥔 부와 권력은 그들 후손까지 대를 이어 부귀영화를 누리는 기반이 되었습니다. 정치와 경제 왜곡된 구조는 변할 가능성을 보이지 않고 있으며, 역사 논쟁을 불러일으키며 대한민국의 정신마저 혼탁하게 하고 있습니다.

4 · 19 혁명으로 돋아나던 민주주의 싹을 군홧발로 짓밟으며 반란을 일으킨 박정희도 그 연장선에 있다고 하겠습니다. 국가와 헌법, 정부가 있음에도 별 두 개의 박정희와 그 졸개들이 소수의 군대를 동원해 중요 기관을 점령하곤 나라를 구하기 위해 나섰다는 궤변을 늘어놓았습니다. 그는 성웅 이순신 같은 역사 속 위인을 자신의 입맛대로 동원했습니다. 국난이 닥칠 때 나라를 구한 것은 이순신 같은 무신이었다는 논리로 군인인 자신을 정당화하며 국민을 세뇌했습니다. 민주주의 회복 요구를 반국가적 행위로 규정하여 살상하고 언론계와 학계의 아첨꾼들을 나팔수로 이용해 반란의 정당성을 읊어대도록 했으니 이는 새로운 용비어천가였습니다. 박정희를 역사의 위대한 영도자로 추앙하던 아첨꾼들은 전두환이 등장하자 가뭄에 단비를 내리는 신령한 분으로 찬양했습니다. 새로운 지배세력에 의해 또 다른 형태의 신이 만들어진 것으로 조선의 여섯 마리 용을 능가할 만한 일이었습니다.

조용한 가족

1960년대를 지나며 대한민국 국민은 새마을 건설의 역군이 되었습니다. 잘 살고 못 사는 것이 마음먹기에 달렸다는 노래가 유행했지만, 새벽종이 울리기 전에 집을 나와 죽도록 일했던 사람들의 힘든 삶은 마음 먹는다고 해서 바뀌는 것이 아니었습니다. 오히려 가난의 늪으로 더 빨려들 뿐이었습니다. 독재자의 자녀가 영애나 영식으로 불리며 공주 · 왕자 놀이를 하던 동시대에 배고픔에 등 떠밀린 수많은 아동 · 청소년이 고향 집을 떠나 공장에서 중노동 하며 고통스러운 삶을 살았습니다. 이처럼 민주주의가 유린당하면 사회 구조가 비틀어져 비정상적인 곳으로 되고 그 결과 개인의 삶은 돌파구 없이 점점 피폐해집니다.

갓 태어난 아기 울음소리에 동네 사람들이 함께 즐거워한 때가 있었습니다. 하지만 오늘날 출생하는 아기는 핵가족화와 맞벌이로 인해 병원과 산후조리원을 먼저 마주합니다. 엄마 · 아빠의 짧은 출산휴가 기간이 끝나기 무섭게 보육 시설의 다른 사람 손에 맡겨집니다. 물론 돈을 내야 합니다. 노인 대상의 보험 광고는 수의와 장례 비용 마련을 위해 얼른 보험에 가입하라고 부추깁니다. 미리 준비해 두지 않으면 죽은 후 자식들에게 짐이 된다는 것입니다. 노인의 죽음 역시 마을 사람들의 추모와 아쉬움 속에 마무리되던 때가 있었습니다. 하지만 이제는 공장 같은 화장장과 장례식장이 대신합니다. 여기서도 돈을 내야 합니다.

돈을 구하려면 취업해야 합니다. 취업은 생존의 전제 조건입니다. 그에 앞서 입시 경쟁을 뚫고 대학에 들어가야 합니다. 그래야 나은 조건의 일자리를 얻을 확률이 높기 때문입니다. 그러니 사교육 경쟁은 당연한 일입니다. 이렇듯 돈은 우리 사회 곳곳에 있는 경쟁과 악순환 구조의 원인이며 인간다운 삶을 불가능하게 만드는 뿌리로 자리 잡았습니다.

세상은 계속 발전하지만, 노동하는 사람의 삶은 뒤로 갑니다. 기계의 발명이 노동시간을 줄여주는 것이 아니라 오히려 사람이 기계의 속도에 종속되어 갑니다. 생산성 향상이라는 미명하에 여가생활은 꿈조차 꿀 수 없는 지경에 이르렀습니다. 생산량과 매출은 증가하지만, 노동자의 삶은 속 빈 강정이 되어 빚과 질병의 늪에 빠집니다. 노동하는 사람의 삶은 경제를 앞으로 나아가게 하는 연료일 뿐입니다. 그러다 보니 월급만으로 살 수 없어 두 가지 이상의 직업을 갖는 일이 보편화되었고 그나마 일자리는 비정규직으로 채워집니다.[6] 부부가 맞벌이해도 가족의 생계를 감당키 어려워 자녀는 아르바이트하고 노부모 역시 약값과 용돈 마련을 위해 일터로 나갑니다. 이처럼 가족의 총노동 시간이 늘었지만, 각자의 삶은 예전보다 팍팍한 상황에 내몰렸습니다. 가족 간의 대화는 사라졌고 온 가족이 모여 앉아 여유 있게 밥 먹는 일조차 쉽지 않습니다.[7]

---

6 배두헌, 「불황속 '투잡족' 확 늘었다', 직장인 4명중 1명은 투잡」, 『헤럴드경제』, 2015. 10. 6.

7 「조용한 가족」, 지식채널 e, 『EBS』, 2016. 6. 29.

행복한 삶을 위해 돈 버는 사이 가족은 해체되었습니다. '4차 산업혁명'을 환영하는 노랫소리가 울리지만, 누구에게 어떤 의미가 있는 혁명인지 묻지 않을 수 없습니다. 1차부터 3차까지의 산업혁명으로 증기기관과 전기 그리고 컴퓨터가 인류의 생활 형태를 발전적으로 바꿨음에도 풍요로운 삶은 고사하고 노동자들은 오히려 시간에 쫓겨 병들고 있으니 말입니다. 가족의 단절은 파편처럼 깨진 사회의 반영입니다. 그러한 구조 속 각각의 사람은 고립된 섬 같은 존재가 되었습니다.

전기와 전구의 발명은 인류의 밤을 낮으로 바꿔 획기적인 생산의 증가를 가져왔지만, 자본주의는 필연적으로 인간을 그것들에 종속시켰다. 중요한 것은 문명의 발전이 아니라 그것이 사람을 위해 어떻게 쓰이는가의 여부다.

우리 삶에 민주주의는 없다

대한민국은 민주공화국입니다. 주권은 국민에게 있고 모든 권력은 국민에게서 나옵니다. 초등학교에서부터 이 내용을 배우긴 하지만 고등학교나 대학교를 졸업할 때까지 학교 안 어디에도 민주주의는 없습니다. 그뿐만 아니라 가정과 사회 역시 민주적으로 돌아가는 곳은 없습니다. 그런데도 민주주의가 있음을 믿으라는 강요 속에 성장하고 평생 살아갑니다. 만질 수도 향을 맡을 수도 없는 그림 속 꽃처럼 책 속에 글자로만 존재하는 민주주의는 우리 삶과 아무 연관이 없습니다. 민주주의는 제도를 만든다고 해서 자동으로 보장되는 것이 아니며 법으로 규정한다고 해서 생명력을 부여받는 것도 아닙니다.

선거 때 배급받은 투표용지에 기표용 도장을 찍는 행위 자체가 민주주의의 본질은 아닙니다. 선거는 민주 사회가 자신의 성장을 확인하는 절차일 뿐입니다. 진정한 민주 사회가 되려면 구성원 각자의 삶이 민주주의를 경험할 수 있어야 합니다. 그러려면 먼저 삶의 주인이 되어야 합니다. 주인은 자기 생각을 할 수 있어야 합니다. 생각은 깊은 어둠 속 길을 밝히는 등대 불빛같이 사람이 나아가야 할 방향을 비춥니다. 생각을 회복하고 나은 삶을 위해 실천하는 사람이 다수가 되면 민주주의 사회가 됩니다. 이런 세상이 오면 선거 역시 민주주의의 축제가 될 것입니다. 결국 민주주의의 존재 이유는 모든 사람의 인간다운 삶과 세상의 평화입니다.

거꾸로 보기

법정 스님의 글 중 1980년대 초에 쓴 〈거꾸로 보기〉라는 수필이 있습니다.[8] 스님은 암자에서 혼자 경험했던 일을 소개합니다. 어느 날 마루에 누워 무심히 하늘을 바라보다 자세를 바꿔 모로 돌아누워 산봉우리에 눈길을 주자 갑자기 산이 달라 보였다고 합니다. 재밌어진 스님이 어린 시절 동무들과 어울려 놀던 때처럼 허리를 굽혀 가랑이 사이로 거꾸로 보니 하늘은 호수가 되고 산은 호수에 잠긴 그림자가 되었다는 것입니다. 이어 한 철학자의 말을 인용합니다.

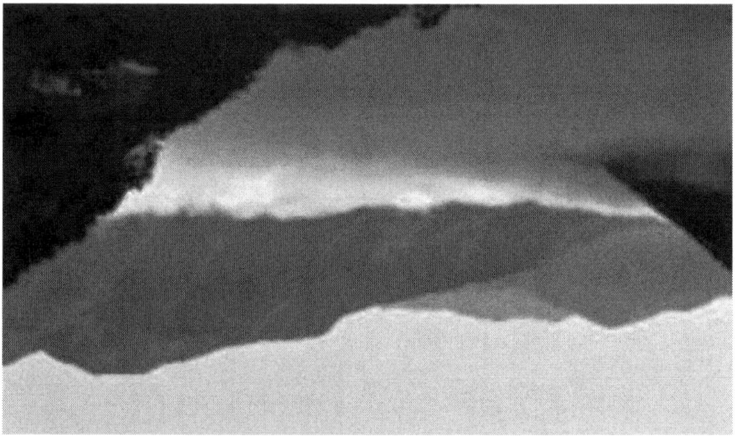

[8] 법정, 『산방한담』, 샘터, 1983, 14~16쪽.

“우리가 보는 법을 안다면 그때는 모든 것이 분명해질 것이다. 그리고 보는 일은 어떤 철학도, 선생도 필요로 하지 않는다. 아무도 당신에게 어떻게 볼 것인가를 가르쳐 줄 필요가 없다. 당신이 그냥 보면 된다.”[9]

인간다운 삶을 누리려면 세상을 제대로 보는 힘부터 키워야 합니다. 정치체제와 절차는 민주주의를 지탱하고 완성케 하는 도구에 불과합니다. 불편하면 불평해야 하고 사는 것이 힘들면 언제든 직접 나서 바꾸려고 시도해야 합니다. 그래야 선출된 정치권력은 임무를 수행하는 척이라도 할 것입니다.

민주주의는 살아 움직이는 생명체와 같습니다. 민주주의가 책이나 법전에 글자로만 존재하는 것이 아님을 인식하고 자신을 귀하게 여겨 목소리를 낼 때 세상은 변합니다. 그리하다 보면 어느샌가 바뀌어있는 당신의 삶을 마주하게 될 것입니다. 삶 속에 늘 숨 쉬고 있어야 진정한 민주주의입니다.

그러니 지금이라도 자기 눈으로 세상을 뒤집어서 보는 노력을 해보기를 바랍니다. 당신이 세상의 중심이니까요. 다음과 같은 생각도 덧붙여보기를 바랍니다.

“해동 육룡이 날았다고? 그래서, 어쩌라고, 믿어달라고?”

---

9 지두 크리슈 나무르티(1895~1986), 인도의 철학자.

3학년 1반 강다빈

북한 학교의 평화
이름:강다빈
낯선 학교를 보면
신기해하고
친구들 보면
말걸어보고
선생님 만나면
웃으며 인사하고
수업시간에는
질문하고
이대로 좋게
재밌게 놀고
지내는거야.

3학년 1반 강민찬

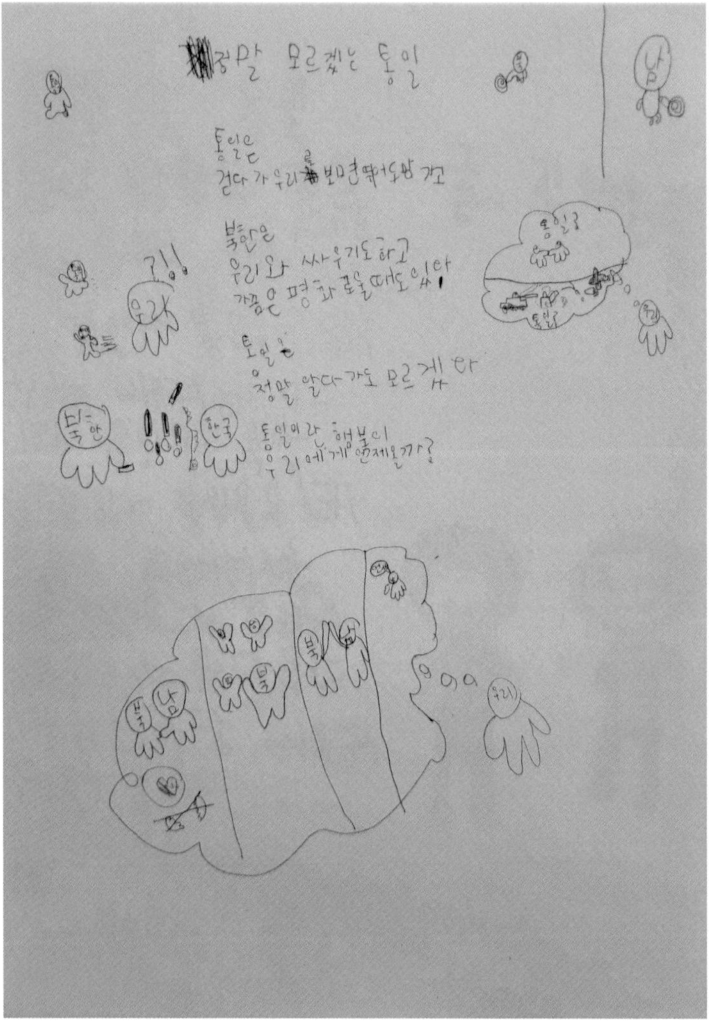

정말 모르겠는 통일
통일은
걷다가 우리를 보면은 뛰어오는 강고
북한은
우리와 싸우기도 하고
가끔은 평화로울 때도 있다!
통일은
정말 알다가도 모르겠다
통일이란 행복이
우리에게 언제 올까?
우리
북한
한국
남

3학년 1반 권용훈

선이 있는 한반도
권용훈
선이 없어지면 사이좋게
지낼수 있는데
70년이 지나도
선이 있는 한반도
선을 없애기 위해
우리는 통일을
원한다 선 없는
한반도를 위해
한반도
미래

3학년 1반 권용휘

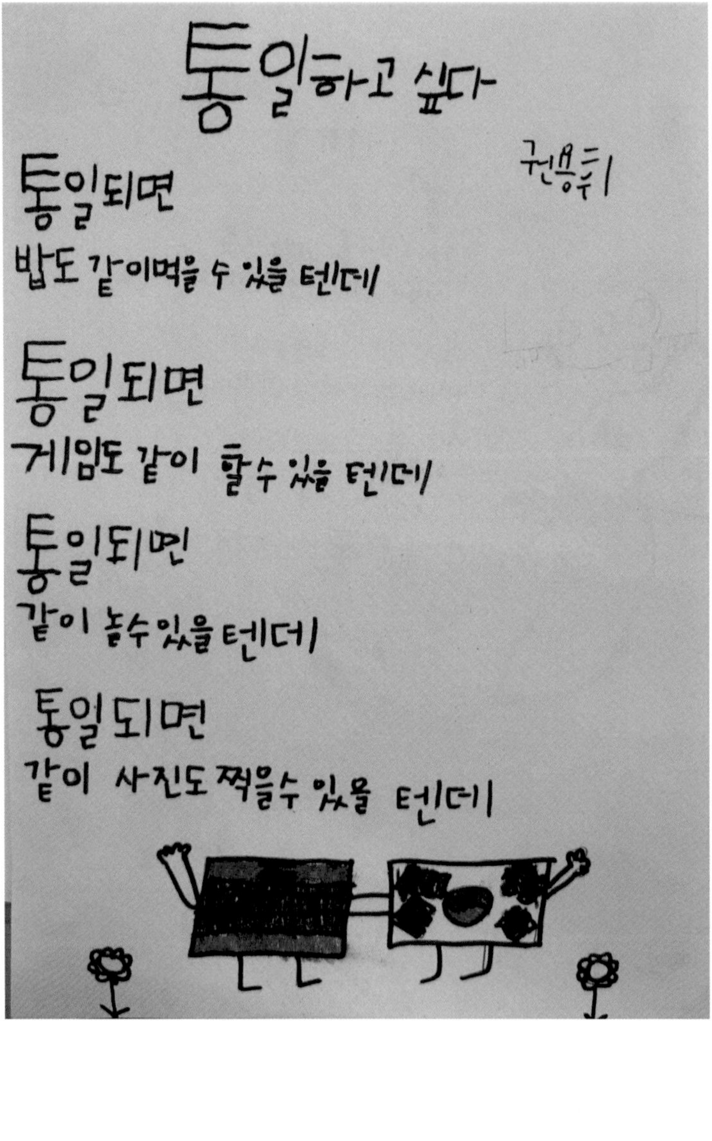
통일하고 싶다
권용휘
통일되면
밥도 같이먹을 수 있을 텐데
통일되면
게임도 같이 할수 있을 텐데
통일되면
같이 놀수있을텐데
통일되면
같이 사진도 찍을수 있을 텐데

3학년 1반 길은성

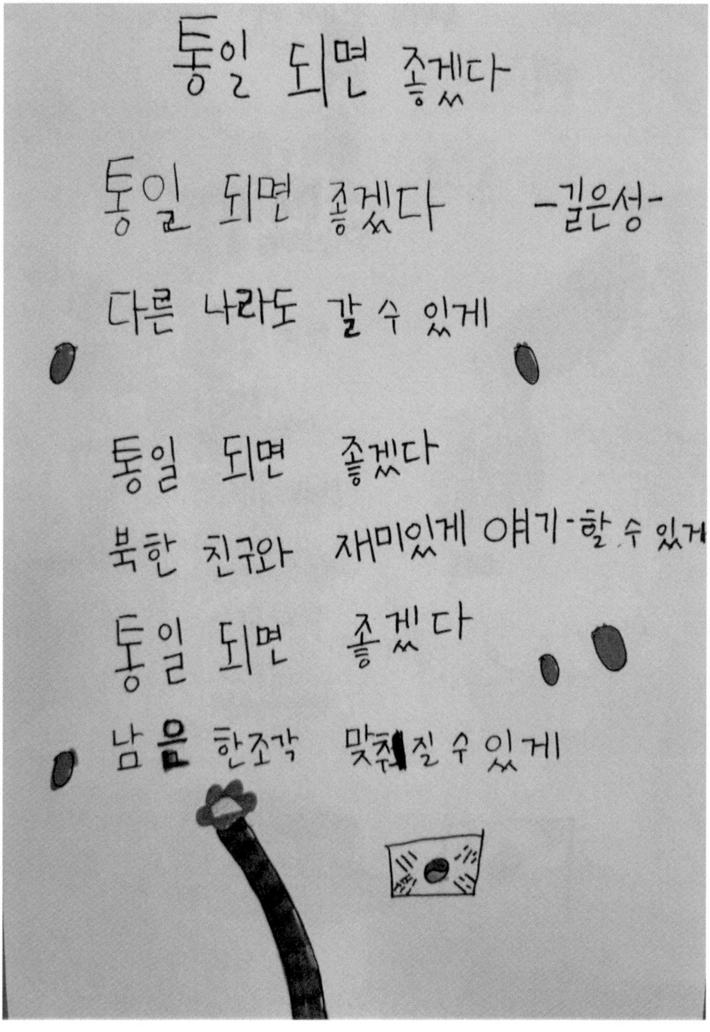
통일 되면 좋겠다
통일 되면 좋겠다 -길은성-
다른 나라도 갈 수 있게
통일 되면 좋겠다
북한 친구와 재미있게 얘기-할 수 있거
통일 되면 좋겠다
남은 한조각 맞춰질 수 있게

3학년 1반 김동준

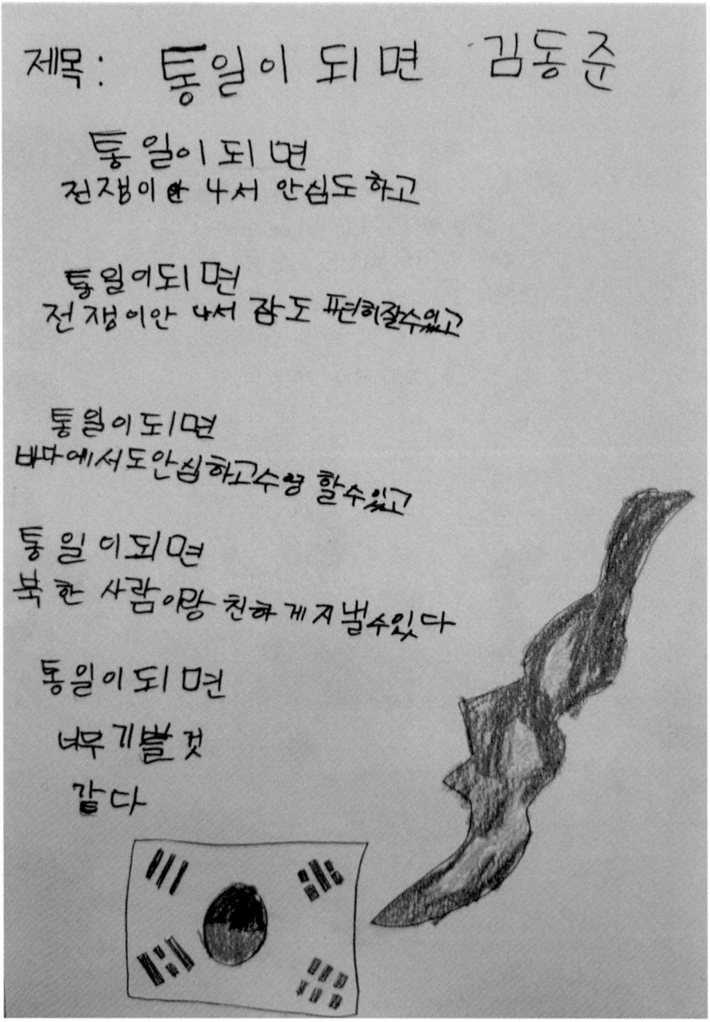
제목: 통일이 되면 김동준
통일이되면
전쟁이 안 나서 안심도 하고
통일이되면
전쟁이안 나서 잠도 편히잘수있고
통일이되면
바다에서도안심하고수영 할수있고
통일이되면
북한 사람이랑 친하게지낼수있다
통일이되면
너무기쁠것
같다

3학년 1반 김리아

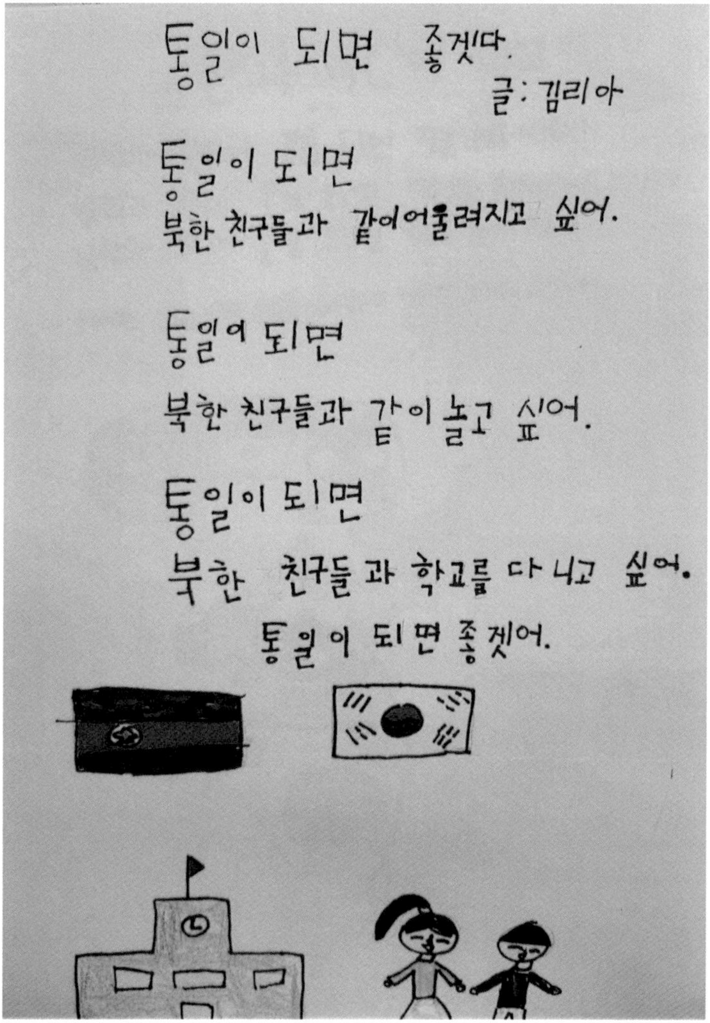
통일이 되면 좋겠다.
글: 김리아

통일이 되면
북한 친구들과 같이어울려지고 싶어.

통일이 되면
북한 친구들과 같이 놀고 싶어.

통일이 되면
북한 친구들과 학교를 다니고 싶어.
통일이 되면 좋겠어.

3학년 1반 김해온

통일

글: 김해온

북한도 남한도 같은
나라인데 왜 싸우
는 것인가 통일을 위해
선 서로 배려해야
된다 통일된 북한
친구들과 통일을 위해
선 같이 배려해야
하면 친구들과 꼭 배
려를 해야 한다 북한
이랑 남한이랑 싸우지
않으면 좋겠다

3학년 1반 박윤슬

친구를 만나고 싶다. 박윤슬
지금은 나눠진 친구
오랫 동안 절대
나눠 지지 않을거라.(이건 실수)
생각했다. 하지만
그생각은 헛생각이였다.
1950년 6월25일
새벽에 친구와
갈라지게 되었다.
딱 한번 손이라도
잡았으면 좋겠다
친구를 만나고싶다.
민국아 ㅠㅠ
가지마ㅠㅠ
TV
언니ㅠㅠ
동생ㅠㅠ
나도 친구 만나고 싶다.....

3학년 1반 박하윤

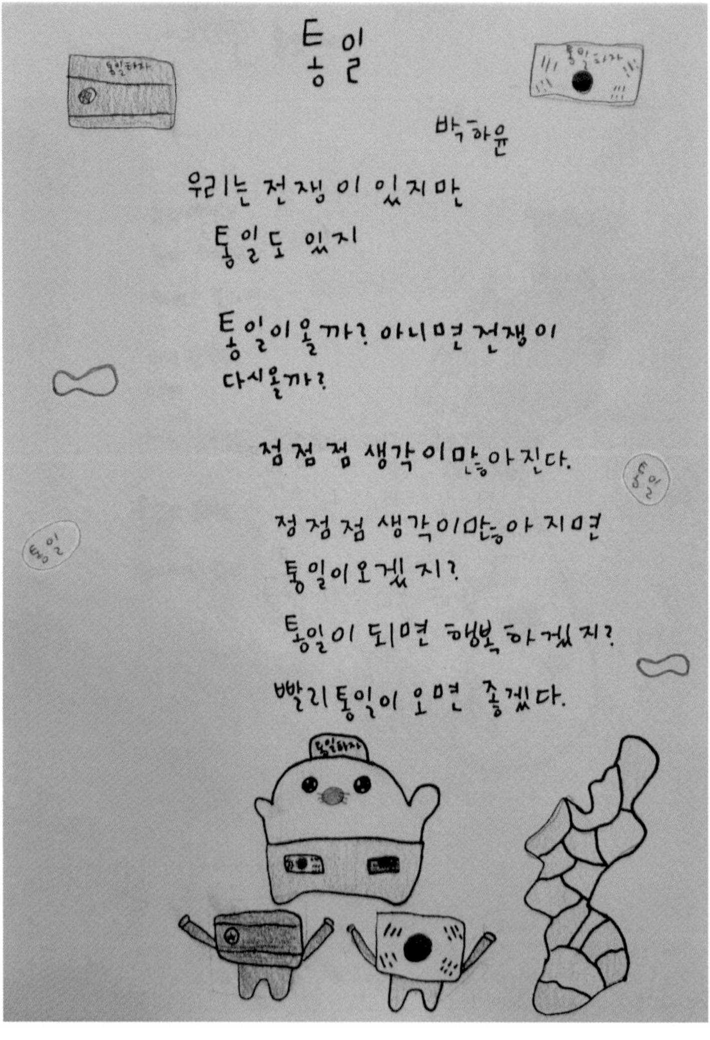
통일

박하윤

우리는 전쟁이 있지만
통일도 있지

통일이 올까? 아니면 전쟁이
다시올까?

점점 점 생각이 많아진다.

정 점 점 생각이 많아 지면
통일이 오겠지?

통일이 되면 행복하겠지?

빨리 통일이 오면 좋겠다.

3학년 1반 변혜진

통일하면 좋겠다.
3-1 변혜진
통일하면 좋겠다.
새로운 친구들을 사귀니까
통일을 꼭 하면
친구들과 평양냉면을
꼭 먹고 싶다.
통일 하면 친구들과
백두산도 보고싶다.
통일하면 좋겠다.
북한과하나가돼
친구가 되니 까.
친하게
지내자

3학년 1반 사지우

3학년 1반 송지헌

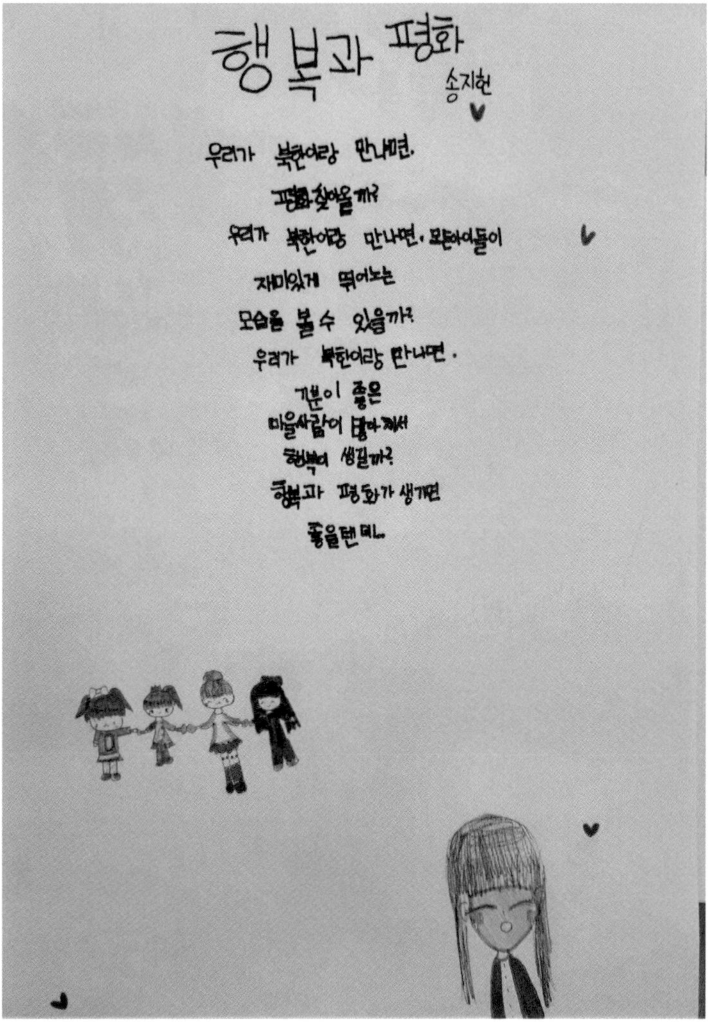
행복과 평화
송지헌
우리가 북한이랑 만나면.
평화 찾아올까?
우리가 북한이랑 만나면, 모든아이들이
재미있게 뛰어노는
모습을 볼 수 있을까?
우리가 북한이랑 만나면.
기분이 좋은
마을사람이 많아져서
행복이 생길까?
행복과 평화가 생기면
좋을텐데..

3학년 1반 심규인

통일 심규인
땅은 가깝지만 마음은 먼나라 북한
전쟁 때문에 갈라진 나라 북한
하지만 통일이 되고 싶은 나라 북한
통일이 되면 기차를타고 다른나라로 여행도 가고
통일이 되면 북한 친구들과 놀수도 있겠지!
빨리 통일되면 좋겠다.

3학년 1반 원동연

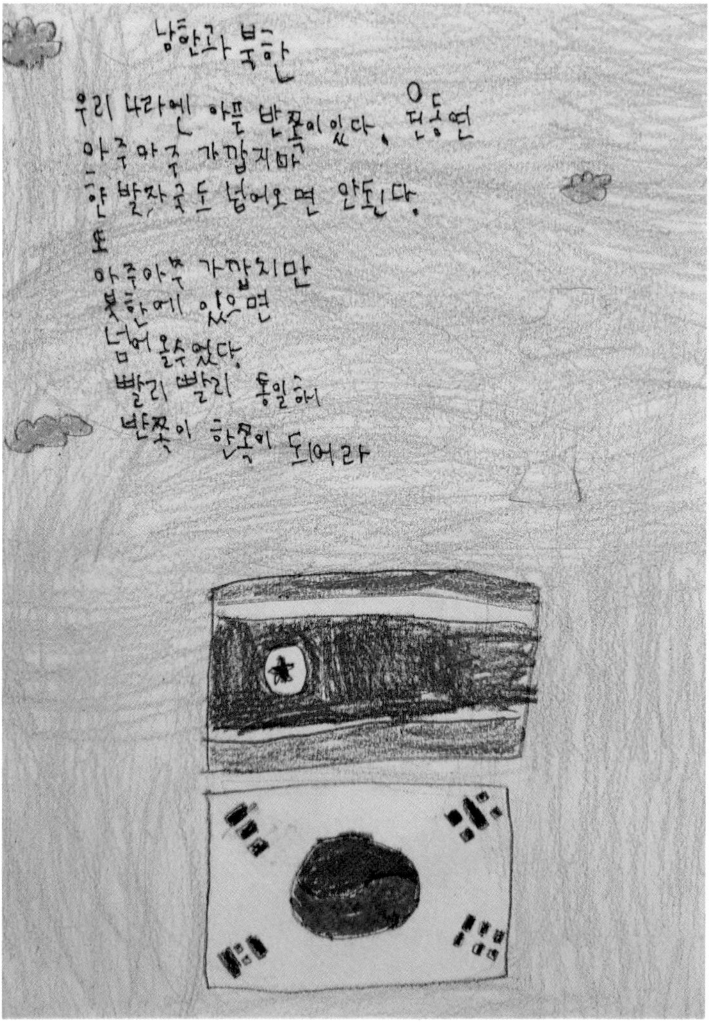
남한과 북한
우리 나라엔 아픈 반쪽이 있다. 원동연
아주아주 가깝지만
한 발자국도 넘어오면 안된다.
또
아주아주 가깝지만
북한에 있으면
넘어올수없다.
빨리 빨리 통일해
반쪽이 한쪽이 되어라

3학년 1반 유도윤

남한과 북한이 통일되면
유도윤
남한과 북한이 통일 되면 평화로워 지겠지
남한과 북한이 통일 되면 전쟁을 두려워하지 않겠지
남한과 북한이 통일 되면 친구도 많아지겠지
하지만 우리는 아직 통일을 기다린채 전쟁을 두려워 하고있다

3학년 1반 이서현

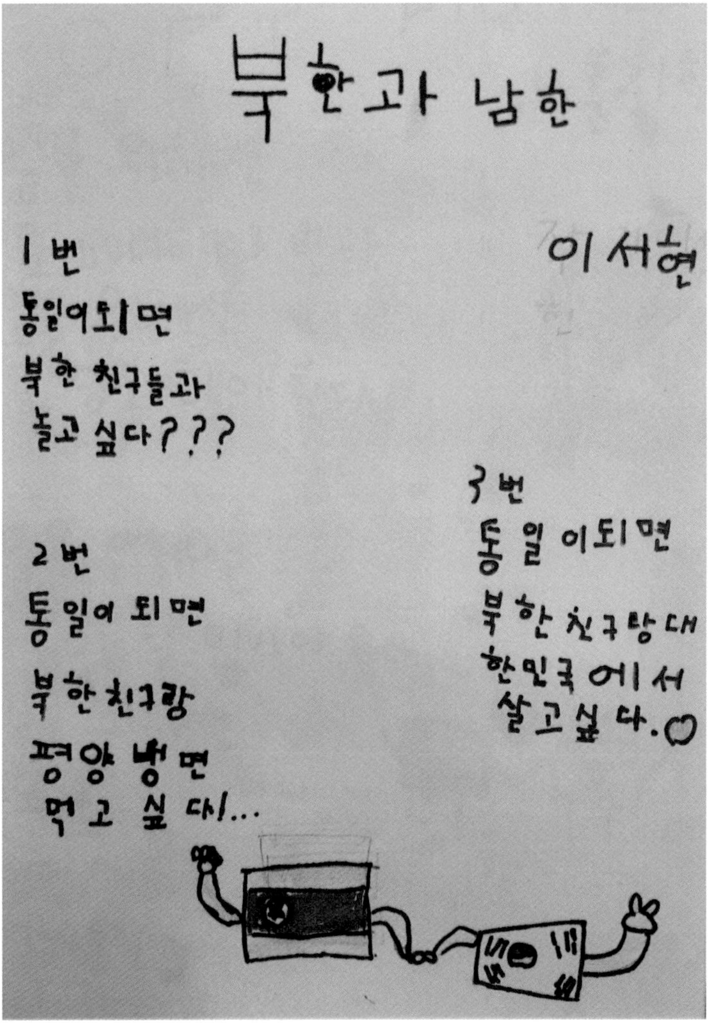
북한과 남한
이서현
1번
통일이되면
북한 친구들과
놀고 싶다???
2번
통일이 되면
북한 친구랑
평양 냉면
먹고 싶 다!...
3번
통일이되면
북한 친구랑대
한민국에서
살고싶다.

3학년 1반 이솔민

위와 아래
이솔민
위와 아래는
원래 하나였다
하지만 갈라졌다
다시 합쳐지기
위해서
우리는 노력을 해야한다
통일이 되면
위아래는 없다

3학년 1반 이윤호

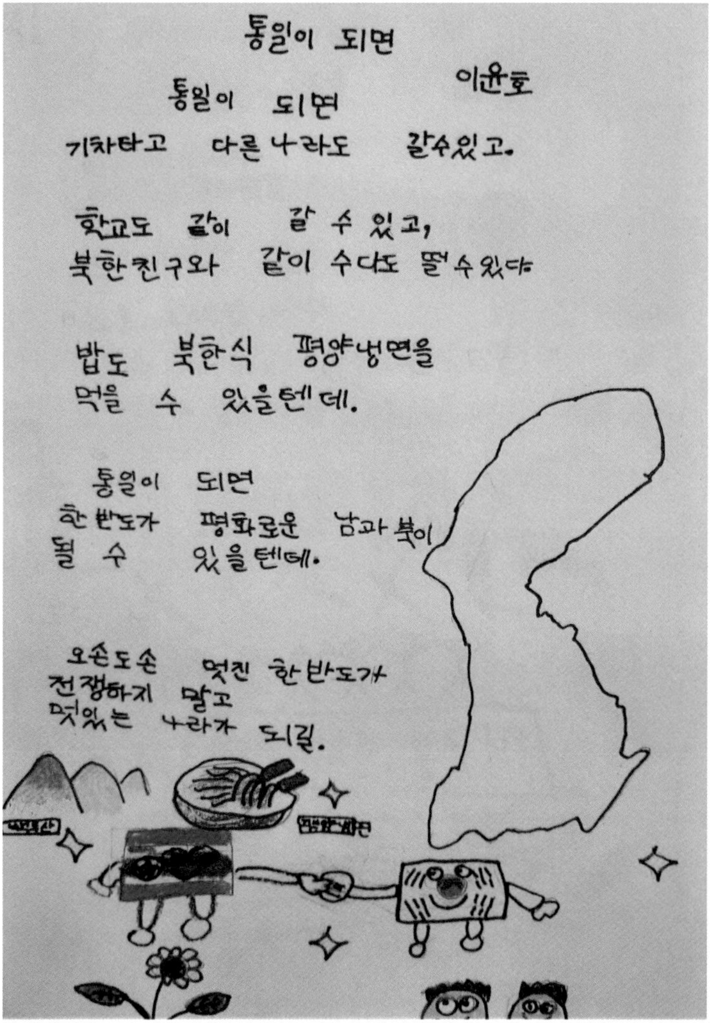
통일이 되면
이윤호
통일이 되면
기차타고 다른나라도 갈수있고.
학교도 같이 갈 수 있고,
북한친구와 같이 수다도 떨수있다.
밥도 북한식 평양냉면을
먹을 수 있을텐데.
통일이 되면
한반도가 평화로운 남과 북이
될 수 있을텐데.
오손도손 멋진 한반도가
전쟁하지 말고
멋있는 나라가 되길.

3학년 1반 이채은

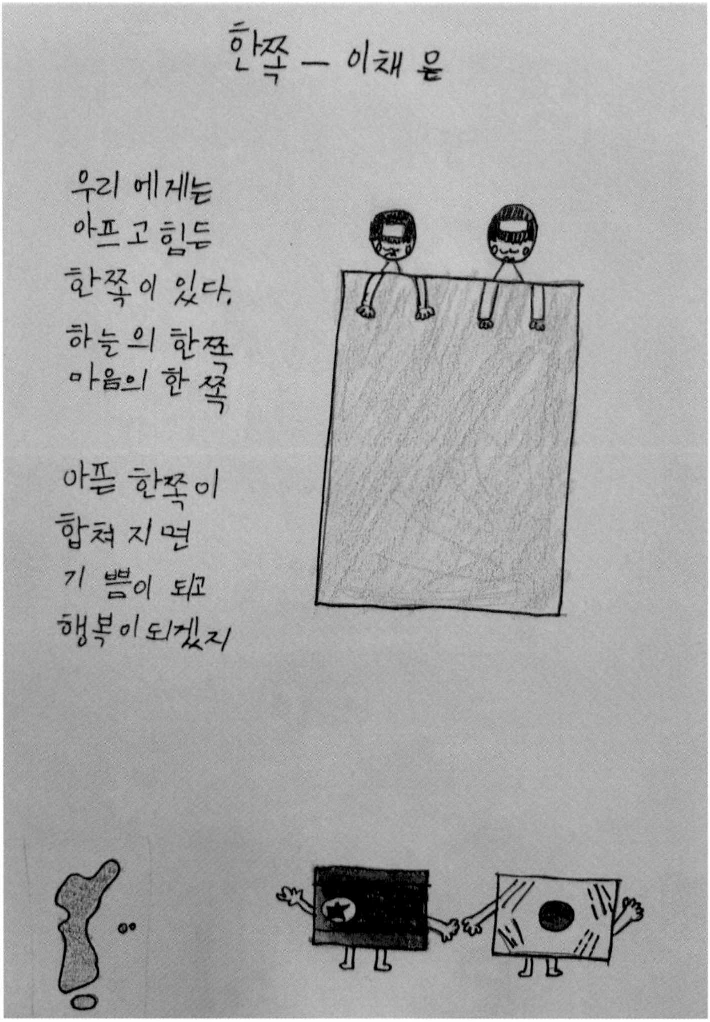
한쪽 — 이채은
우리 에게는
아프고 힘든
한쪽이 있다.
하늘의 한쪽
마음의 한 쪽
아픈 한쪽이
합쳐 지면
기 쁨이 되고
행복이 되겠지

3학년 1반 조하준

갈라진 두땅
조하준
나라가 갈라지면서
친구사이도 갈라진다.
친구가 있으면
속상하지도 않고,
심심하지도 않고,
외롭지도 않다.
그쪽땅의 친구가 보고싶다
우리가 갈라졌어!!!

3학년 1반 최연우

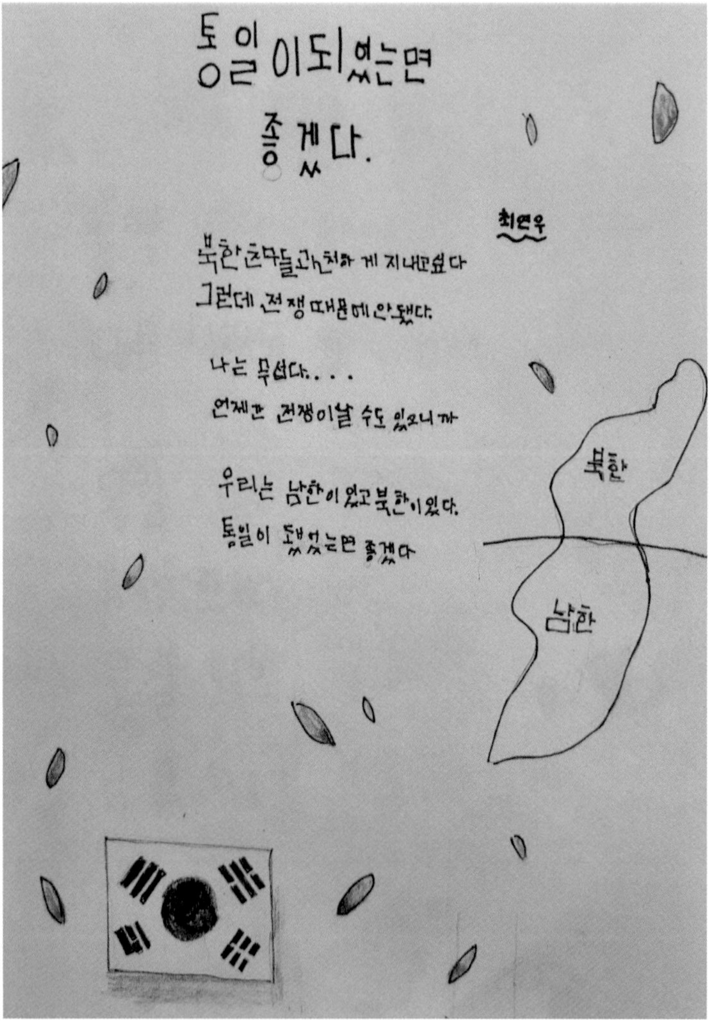

통일이되었는면
좋겠다.
최연우
북한친구들과친하게 지내고싶다
그런데 전쟁때문에안됐다.
나는 무섭다....
언제든 전쟁이날 수도 있으니까
우리는 남한이있고북한이있다.
통일이 됐었는면 좋겠다
북한
남한

3학년 1반 최한결

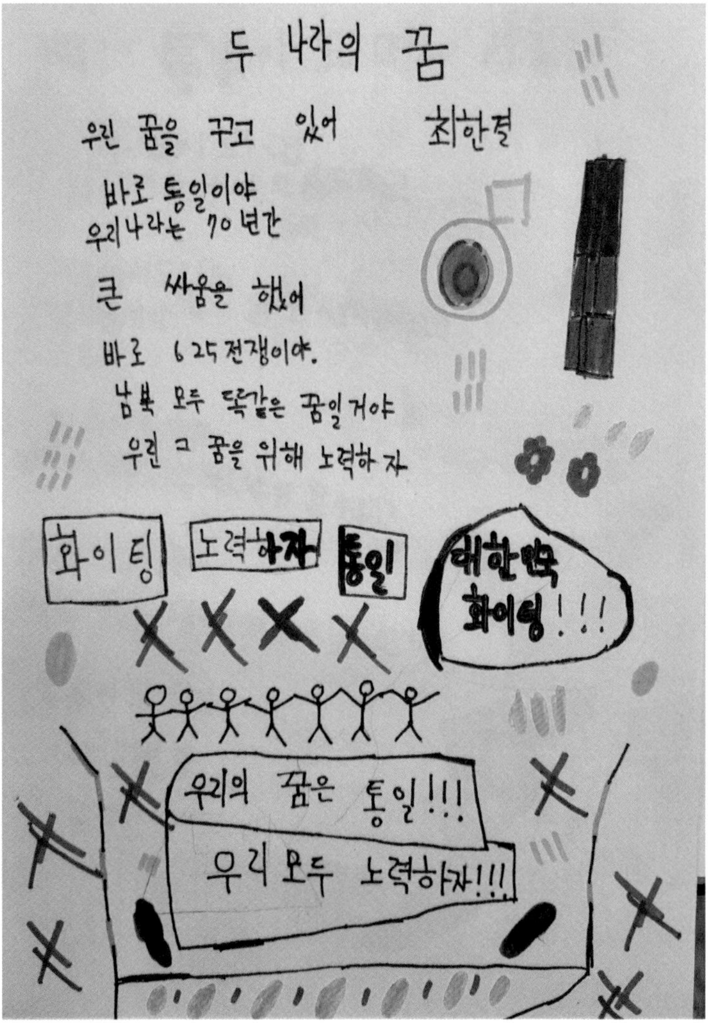

두 나라의 꿈
우린 꿈을 꾸고 있어 최한결
바로 통일이야
우리나라는 70년간
큰 싸움을 했어
바로 625전쟁이야.
남북 모두 똑같은 꿈일거야
우린 그 꿈을 위해 노력하자
화이팅
노력하자
통일
대한민국 화이팅!!!
우리의 꿈은 통일!!!
우리 모두 노력하자!!!

3학년 1반 홍지현

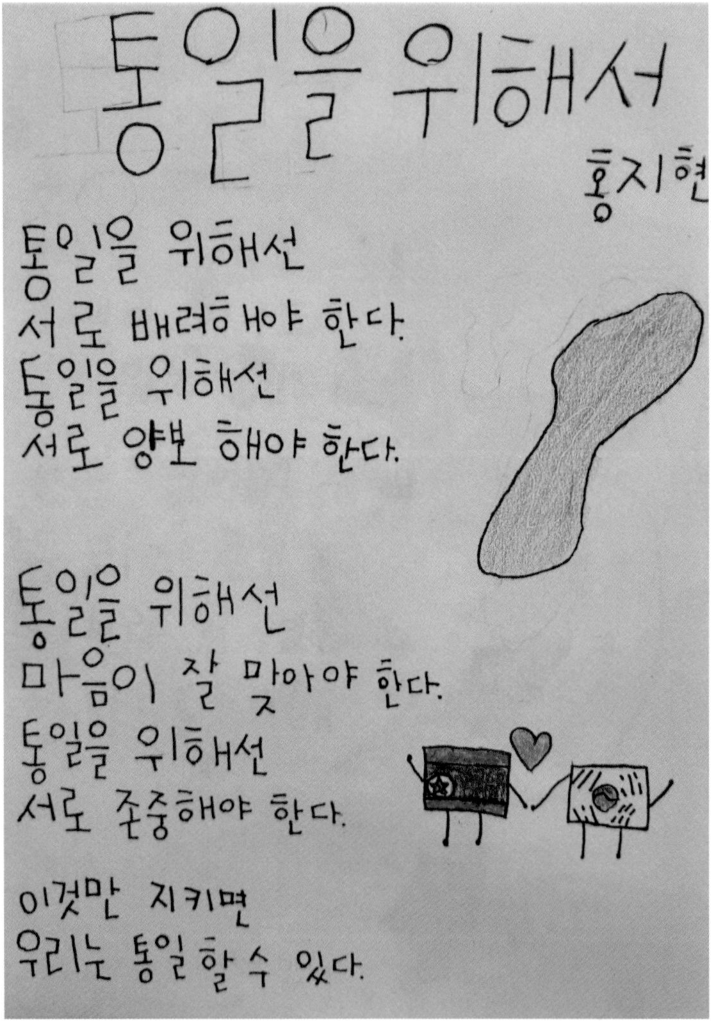
통일을 위해서
홍지현
통일을 위해선
서로 배려해야 한다.
통일을 위해선
서로 양보 해야 한다.
통일을 위해선
마음이 잘 맞아야 한다.
통일을 위해선
서로 존중해야 한다.
이것만 지키면
우리는 통일할 수 있다.

3학년 1반 배보형

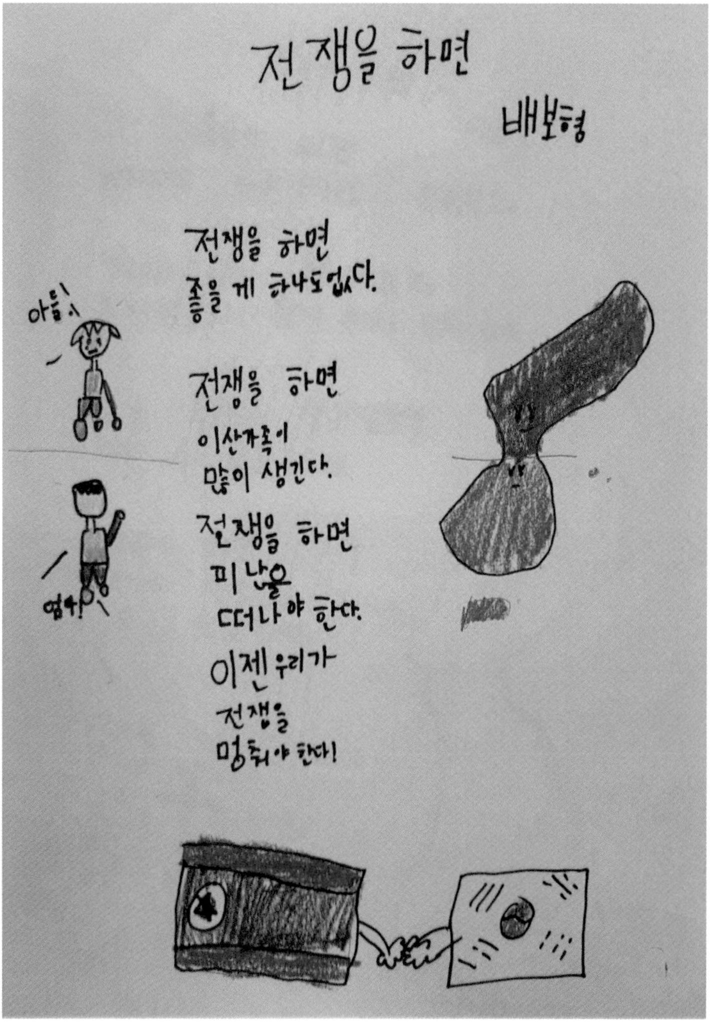
전쟁을 하면
배보형
전쟁을 하면
좋을 게 하나도 없다.
아들!
전쟁을 하면
이산가족이
많이 생긴다.
엄마!
전쟁을 하면
피난을
떠나야 한다.
이젠 우리가
전쟁을
멈춰야 한다!

3학년 2반

강지윤 김도현 김라해 김태윤 김태희
노은찬 박예원 박준희 박지후 배신비
심서연 이 건 이서윤 이 솔 이수인
이연우 이 훤 임현서 장가빈 장윤슬
최서준 최원석 현수아 현하윤 황이수

3학년 2반 강지윤

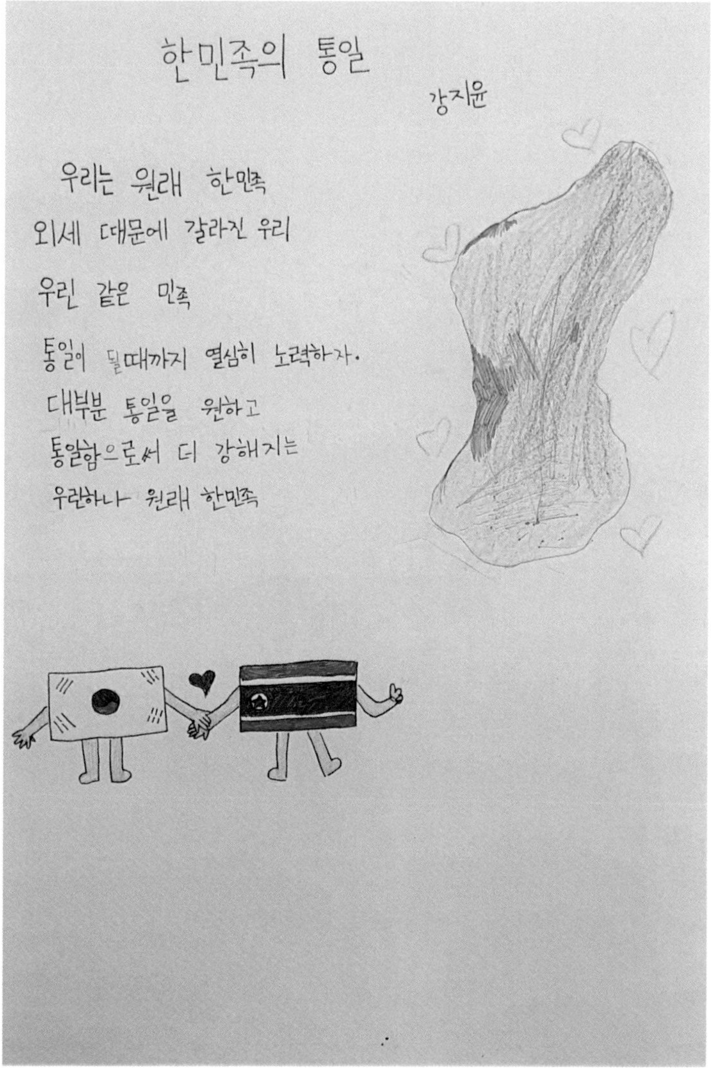
한민족의 통일
강지윤
우리는 원래 한민족
외세 대문에 갈라진 우리
우린 같은 민족
통일이 될때까지 열심히 노력하자.
대부분 통일을 원하고
통일함으로서 더 강해지는
우린하나 원래 한민족

3학년 2반 김도현

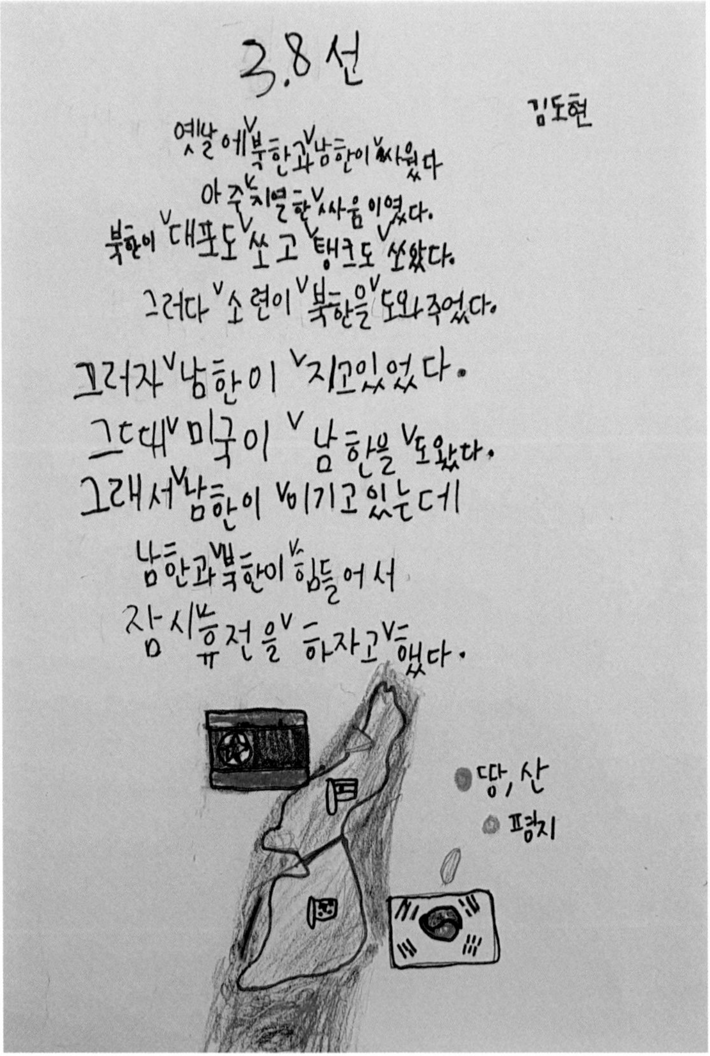
3.8선
김도현
옛날에 북한과 남한이 싸웠다
아주 치열한 싸움이였다.
북한이 대포도 쏘고 탱크도 쏘았다.
그러다 소련이 북한을 도와주었다.
그러자 남한이 지고있었다.
그때 미국이 남한을 도왔다.
그래서 남한이 이기고 있는데
남한과 북한이 힘들어서
잠시 휴전을 하자고 했다.
땅, 산
평지

3학년 2반 김라해

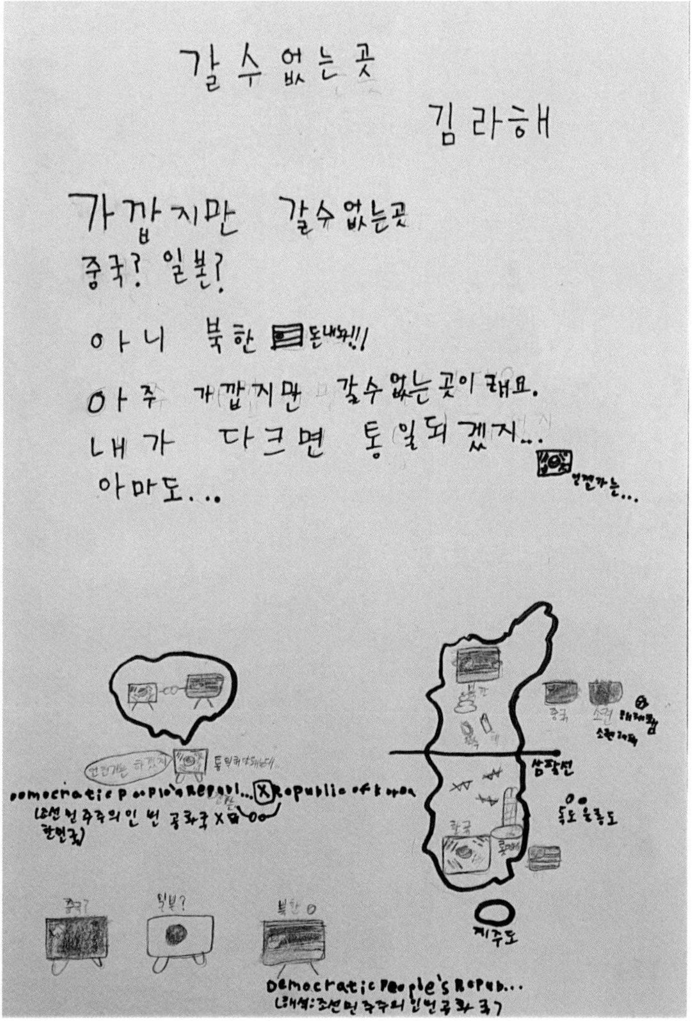
갈수 없는 곳
김라해
가깝지만 갈수 없는곳
중국? 일본?
아니 북한 돈내놔!!
아주 가깝지만 갈수 없는 곳이래요.
내가 다크면 통일되겠지...
아마도...
삼팔선
독도 울릉도
제주도
중국?
일본?
북한
Democratic People's Repub...

3학년 2반 김태윤

〈통일〉
김태윤
대한민국이랑
북한이 사이좋게
지내면 좋겠다
사이좋게 지내면
같이 놀러갈수있을텐데
북한에 가서 재밌는
추억을 만들고
싶다. 왜
북한는 사이
좋게 안지내
는지 모르겠다.
제발 북한이랑
사이좋게지내고
싶다.

3학년 2반 김태희

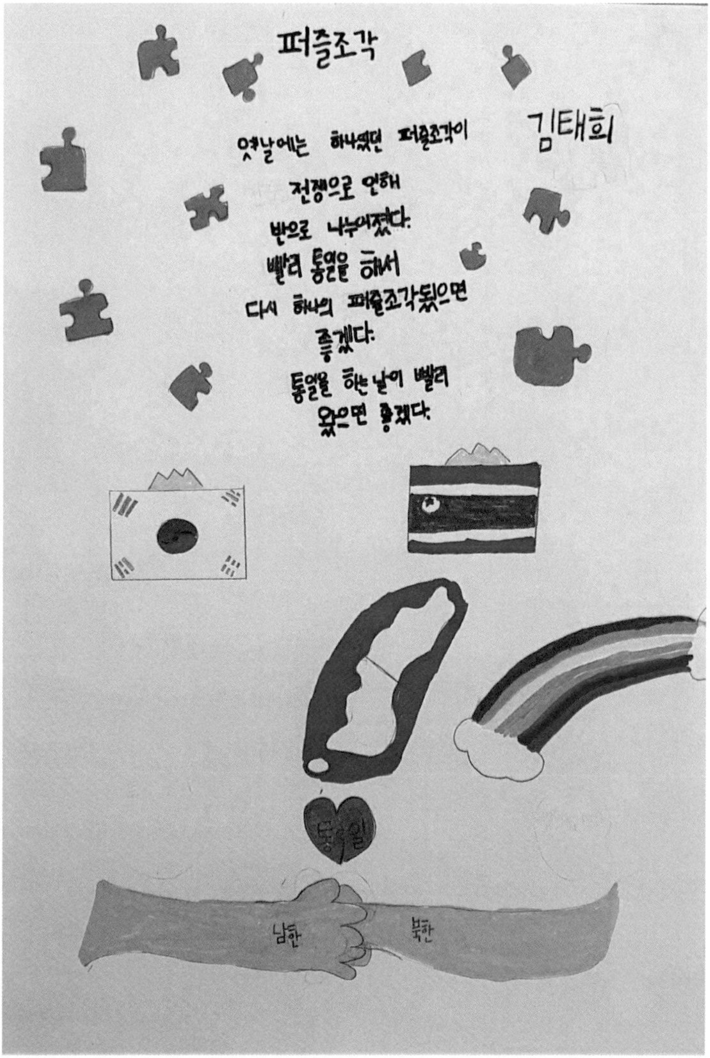
퍼즐조각
김태희
옛날에는 하나였던 퍼즐조각이
전쟁으로 인해
반으로 나누어졌다.
빨리 통일을 해서
다시 하나의 퍼즐조각됐으면
좋겠다.
통일을 하는 날이 빨리
왔으면 좋겠다.
통일
남한
북한

3학년 2반 노은찬

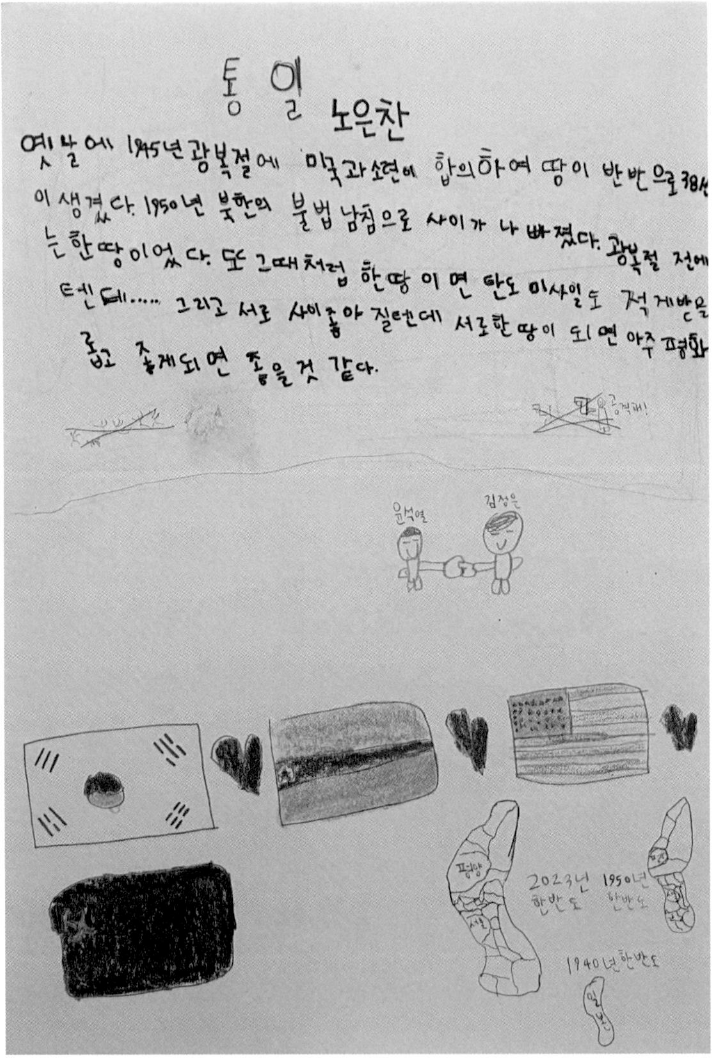
통일
노은찬
옛날에 1945년 광복절에 미국과 소련이 합의하여 땅이 반반으로 38선
이 생겼다. 1950년 북한의 불법 남침으로 사이가 나빠졌다. 광복절 전에
는 한땅이었다. 또 그때처럼 한땅이면 반도 미사일도 적게받을
텐데..... 그리고 서로 사이좋아 질텐데 서로한 땅이 되면 아주 평화
롭고 좋게되면 좋을것 같다.
윤석열
김정은
평양
서울
2023년 한반도
1950년 한반도
1940년 한반도
일본

3학년 2반 박예원

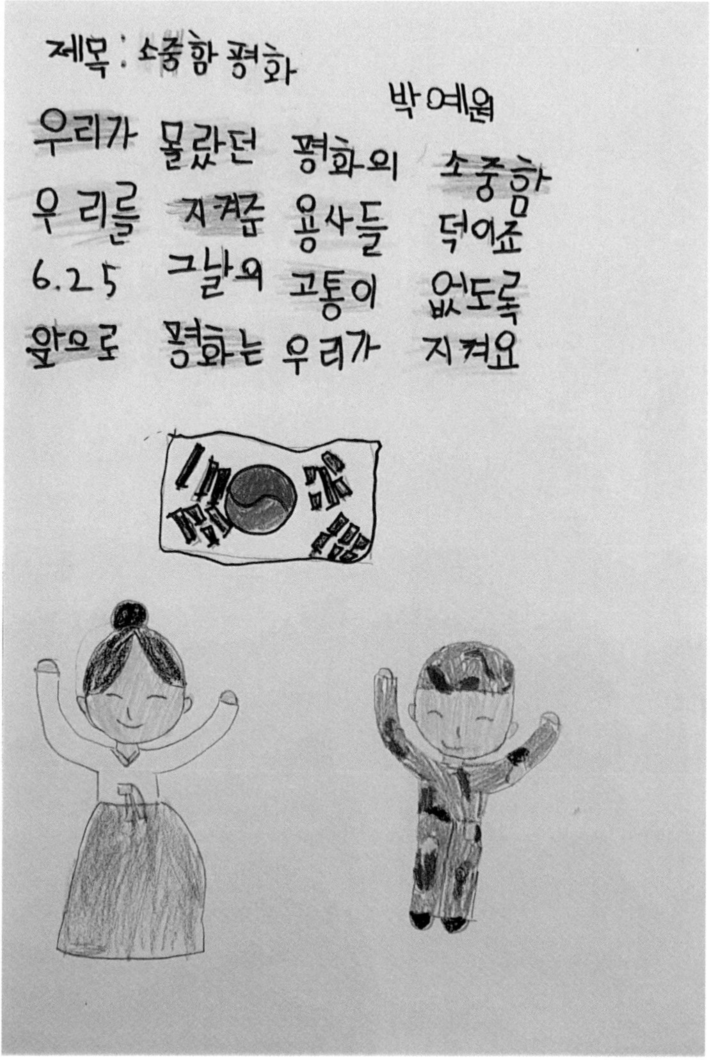
제목 : 소중함 평화
박예원
우리가 몰랐던 평화의 소중함
우리를 지켜준 용사들 덕이죠
6.25 그날의 고통이 없도록
앞으로 평화는 우리가 지켜요

3학년 2반 박준희

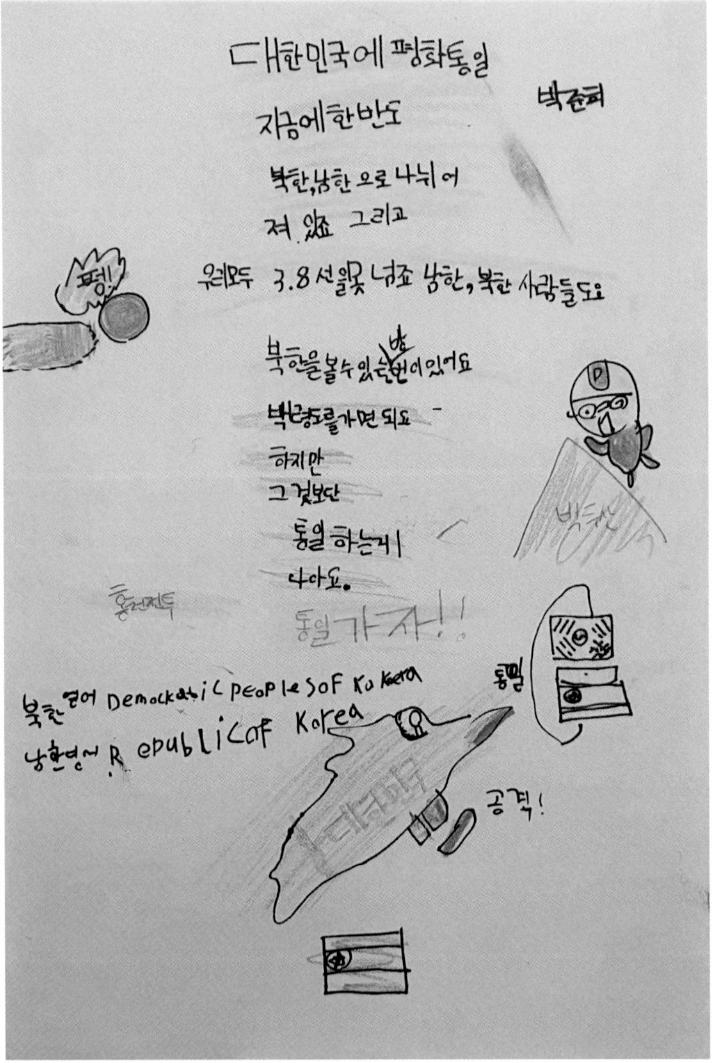

대한민국에 평화통일
박준희
지금에한반도
북한,남한 으로 나뉘어
져 있죠 그리고
우리모두 3.8 선을못 넘죠 남한,북한 사람들도요
하지만
그 것보단
통일 하는게
나아요.
통일가자!!
통일
공격!

3학년 2반 박지후

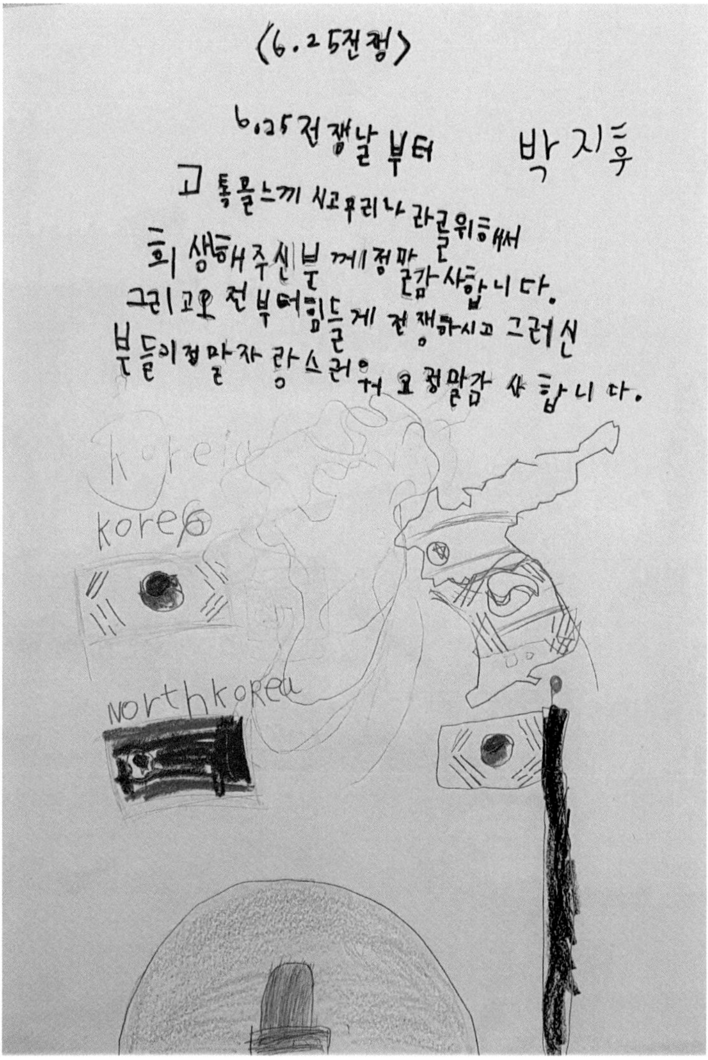
〈6.25전쟁〉
6.25전쟁날부터 박지후
고통을느끼시고우리나라를위해써
희생해주신분께정말로감사합니다.
그리고요 전부더힘들게 전쟁하시고 그러신
분들이정말자랑스러워요 정말감사합니다.
korea
korea
northkorea

3학년 2반 배신비

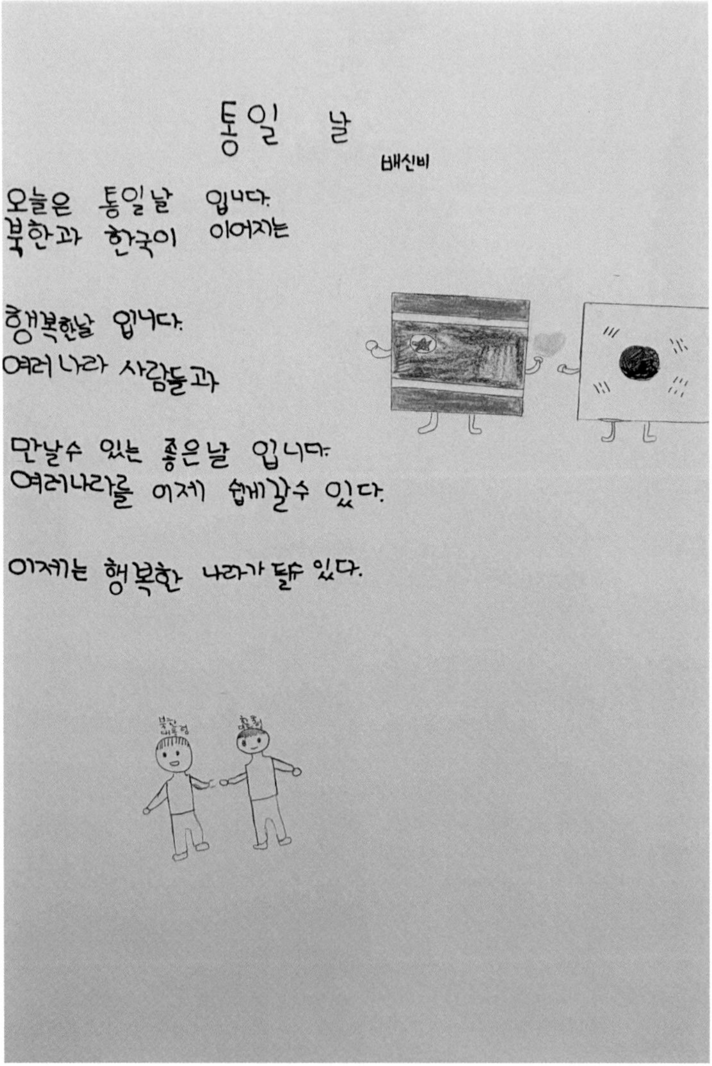

통일 날

배신비

오늘은 통일날 입니다.
북한과 한국이 이어지는

행복한날 입니다.
여러 나라 사람들과

만날수 있는 좋은날 입니다.
여러나라를 이제 쉽게갈수 있다.

이제는 행복한 나라가 될수 있다.

3학년 2반 심서연

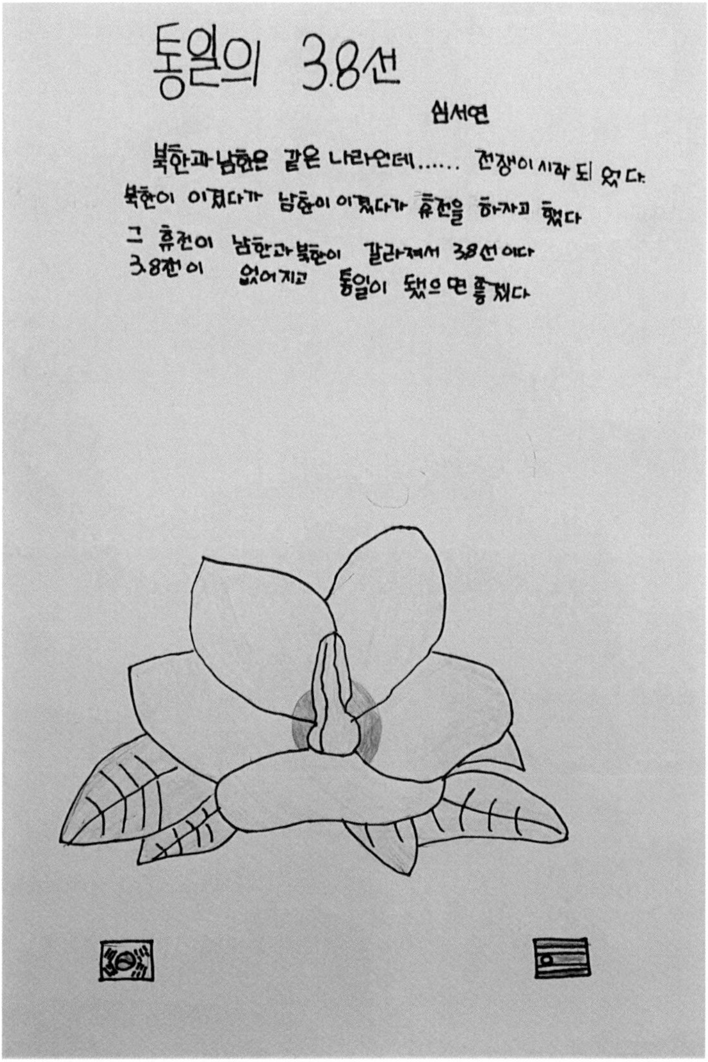
통일의 3.8선
심서연
북한과 남한은 같은 나라언데...... 전쟁이 시작 되 었다.
북한이 이겼다가 남한이 이겼다가 휴전을 하자고 했다
그 휴전이 남한과 북한이 갈라져서 3.8선 이다
3.8선이 없어지고 통일이 됐으면 좋겠다

3학년 2반 이건

<통일>
이건
언제 또 시작될지 모르는 전쟁
휴전선이 부서지면 어쩌지?
북한이 쳐들어오면 어쩌지?
북한이 공격하면 어쩌지?
빨리 통일을 하면 이런일이 없을텐데…
북한은 우리의 부탁을 들어주지 않는다.
Korea
NORTH korea
한국
북한

3학년 2반 이서윤

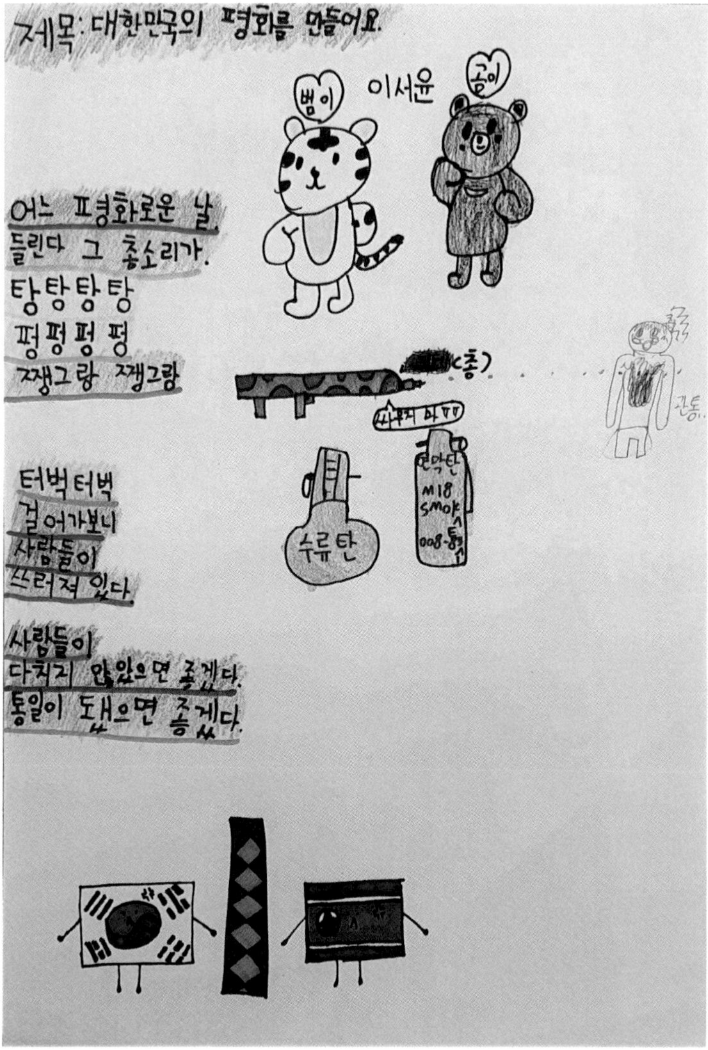
제목: 대한민국의 평화를 만들어요.
범이
이서윤
곰이
어느 평화로운 날.
들린다 그 총소리가.
탕탕탕탕
펑펑펑펑
째그랑 째그랑
(총)
고통.
연막탄
M18
수류탄
터벅터벅
걸어가보니
사람들이
쓰러져 있다.
사람들이
다치지 않았으면 좋겠다.
통일이 되었으면 좋겠다.

3학년 2반 이솔

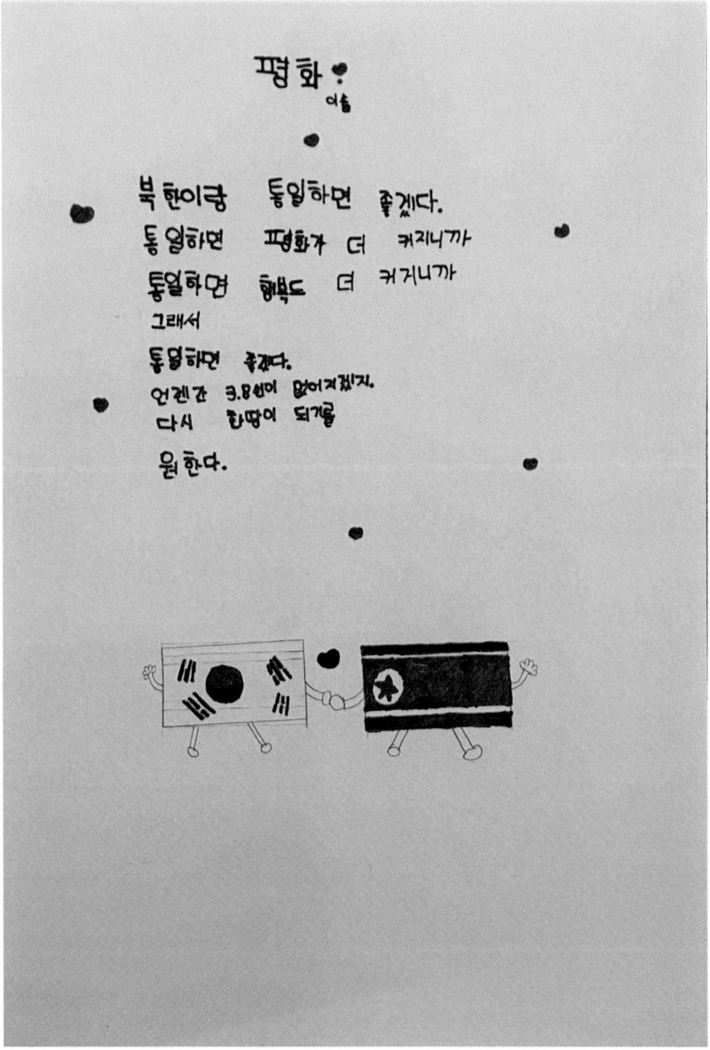

평화

이솔

북한이랑 통일하면 좋겠다.
통일하면 평화가 더 커지니까
통일하면 행복도 더 커지니까
그래서
통일하면 좋겠다.
언젠간 3.8선이 없어지겠지.
다시 한땅이 되기를
원한다.

3학년 2반 이수인

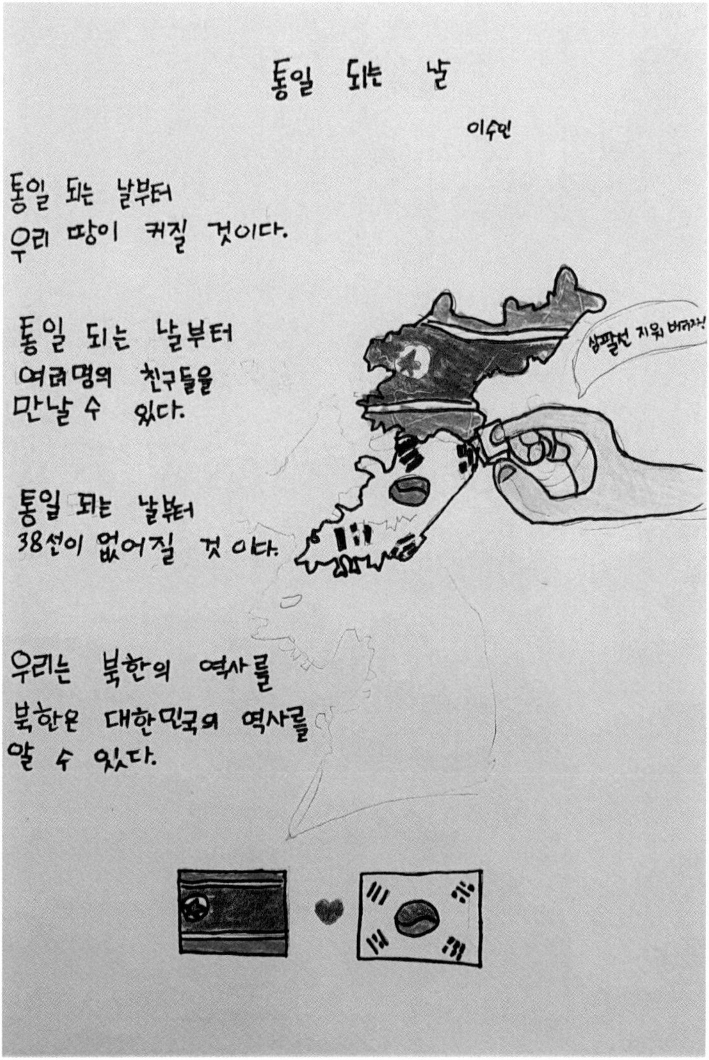
통일 되는 날
이수인
통일 되는 날부터
우리 땅이 커질 것이다.
통일 되는 날부터
여러명의 친구들을
만날 수 있다.
통일 되는 날부터
38선이 없어질 것 이다.
우리는 북한의 역사를
북한은 대한민국의 역사를
알 수 있다.
삼팔선 지워 버리자!

3학년 2반 이연우

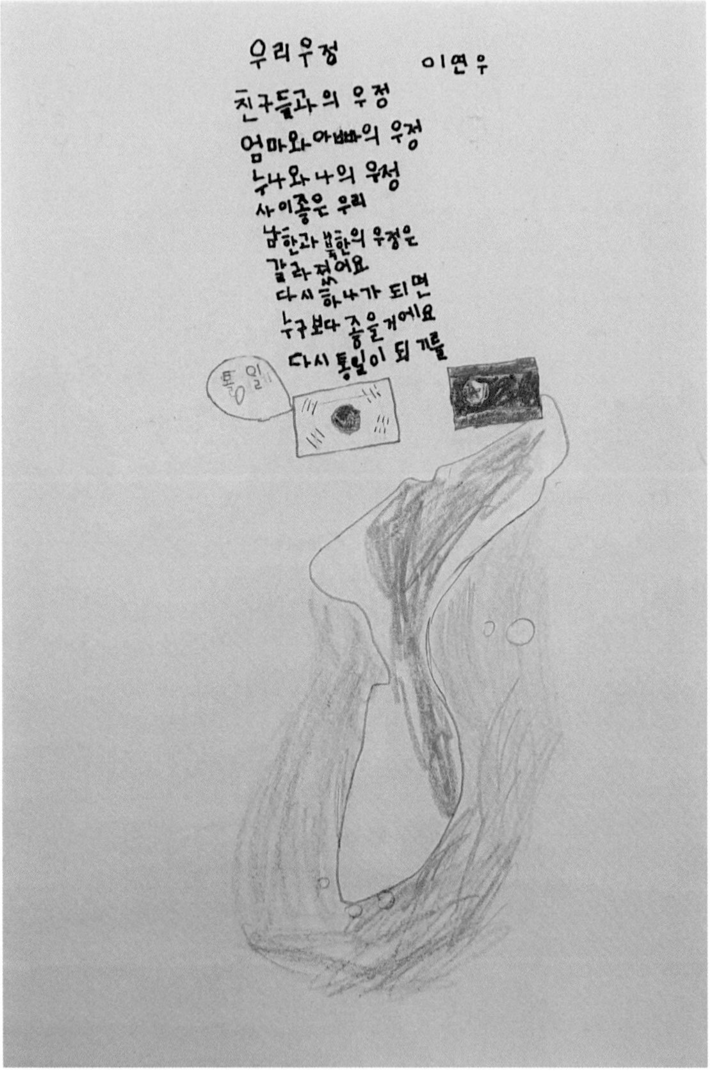
우리우정
이연우
친구들과의 우정
엄마와 아빠의 우정
누나와 나의 우정
사이좋은 우리
남한과 북한의 우정은
갈라졌어요
다시 하나가 되면
누구보다 좋을거에요
다시 통일이 되기를
통일

3학년 2반 이훤

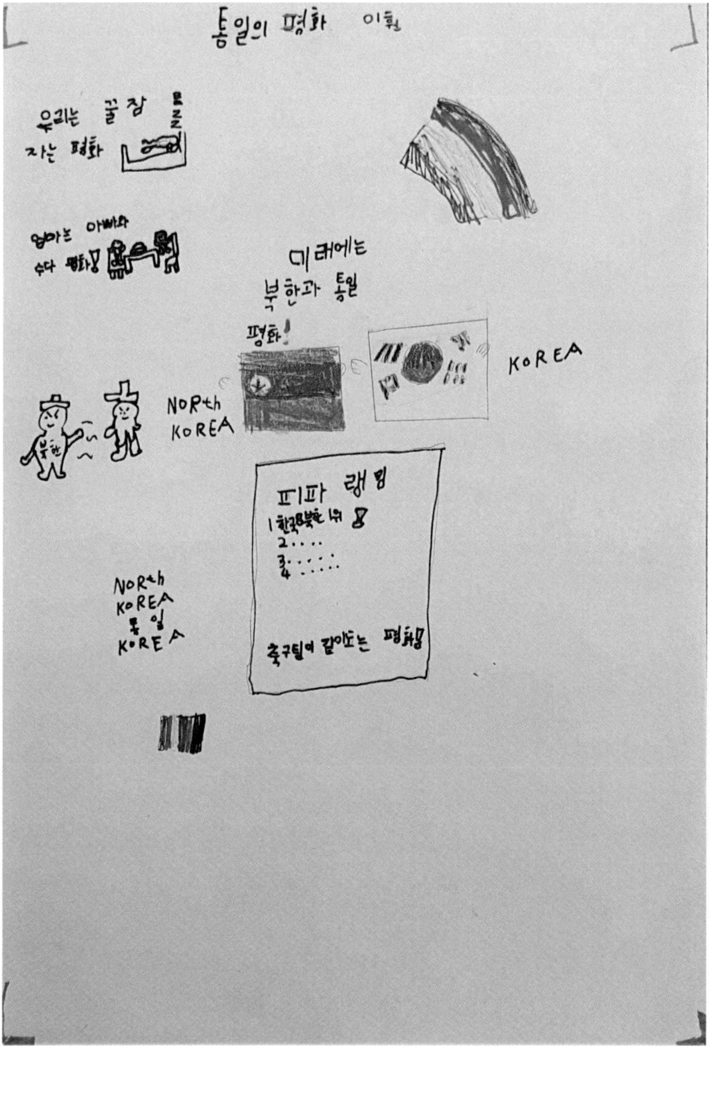

통일의 평화 이훤
우리는 꿀잠 자는 평화
zzz
엄마는 아빠와 수다 평화
미래에는 북한과 통일 평화!
NORth KOREA
KOREA
북한
피파 랭킹
1 한국&북한 1위
2....
3.....
4.....
축구팀이 같이 되는 평화
NORth KOREA 통일 KOREA

3학년 2반 임현서

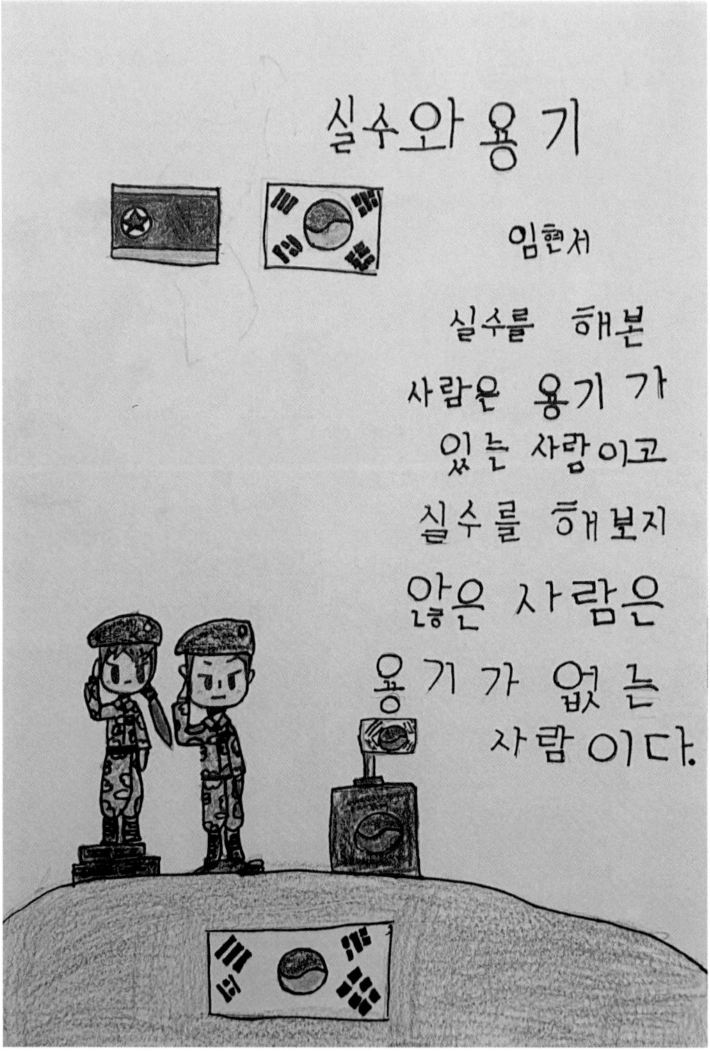

3학년 2반 장가빈

통일
장가빈
이쪽 저쪽에서 아침 마다 들리는
참새소리
조각이 하나하나씩 맞추어지는 것
같은 소리
빨리 통일이 됐으면 좋겠는
마음에서
들리는
소리

3학년 2반 장윤슬

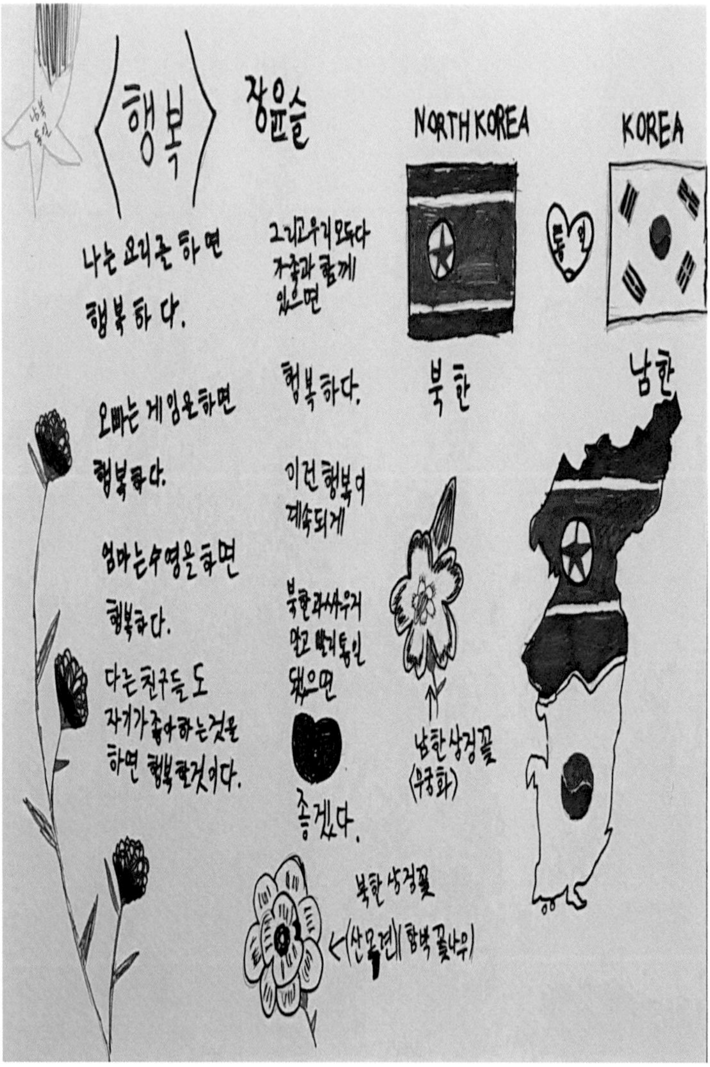
〈행복〉 장윤슬
NORTH KOREA
KOREA
통일
나는 요리를 하면
행복하다.
오빠는 게임을하면
행복하다.
엄마는수영을하면
행복하다.
다른친구들도
자기가좋아하는것을
하면 행복할것이다.
그리고우리모두다
가족과 함께
있으면
행복하다.
이런 행복이
계속되게
북한과우리
빨리통일
됐으면
좋겠다.
북한
남한
남한 상징꽃
〈무궁화〉
북한 상징꽃
〈산목련〉 함박꽃나무

3학년 2반 최서준

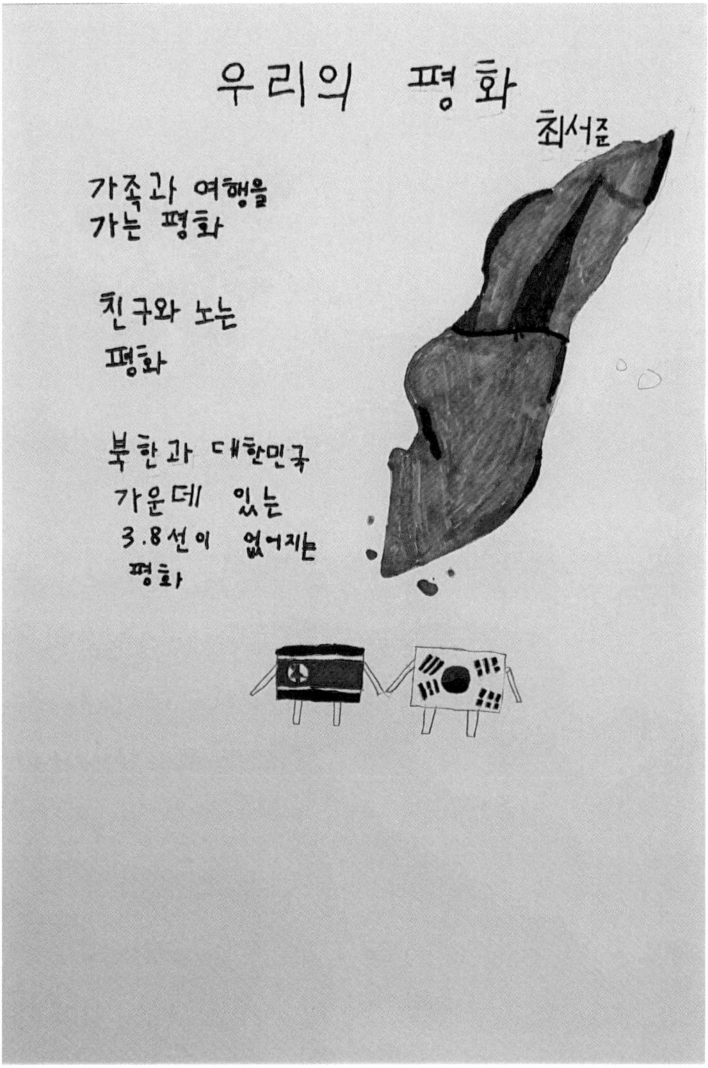

3학년 2반 최원석

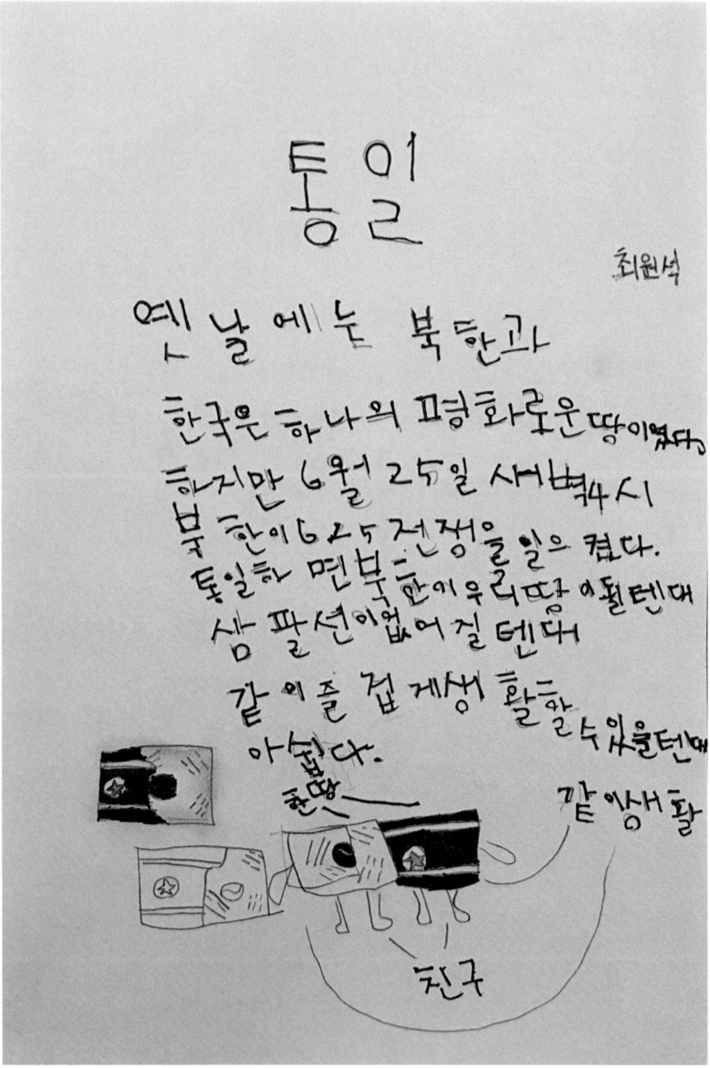
통일
최원석
옛날에는 북한과
한국은 하나의 평화로운 땅이였다.
하지만 6월 25일 새벽4시
북한이 625 전쟁을 일으켰다.
통일하면 북한이 우리땅이될텐대
삼팔선이없어질텐대
같이즐겁게생활할수있을텐대
아쉽다.
한땅
같이생활
친구

3학년 2반 현수아

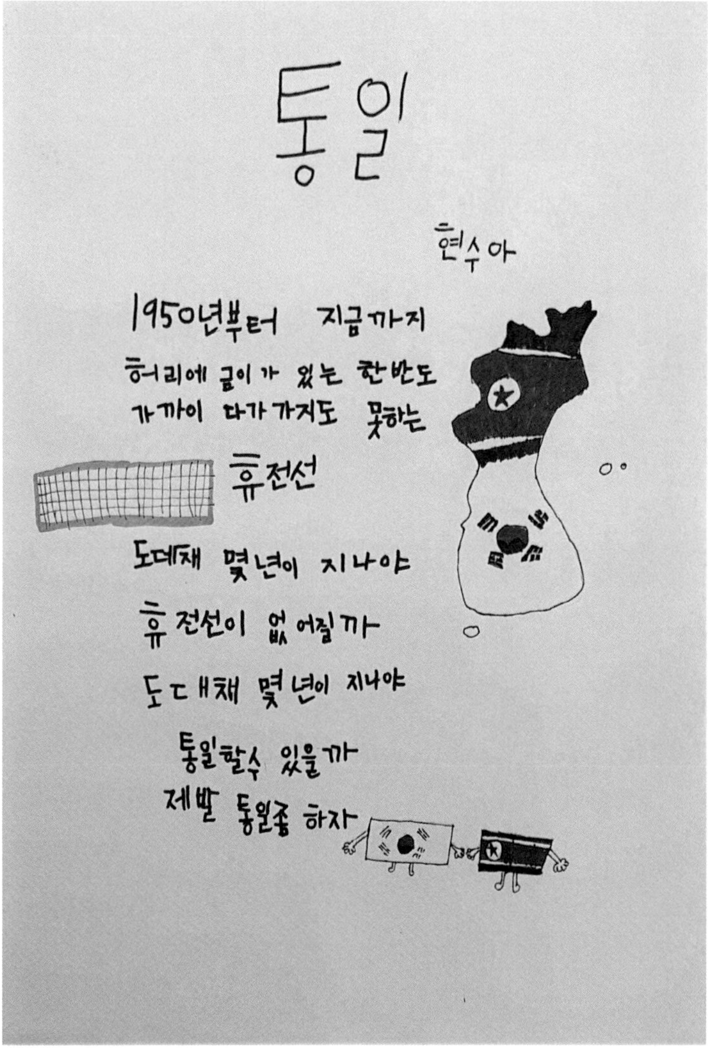

통일
현수아
1950년부터 지금까지
허리에 금이 가 있는 한반도
가까이 다가가지도 못하는
휴전선
도대채 몇 년이 지나야
휴전선이 없어질까
도대채 몇 년이 지나야
통일할수 있을까
제발 통일좀 하자

3학년 2반 현하윤

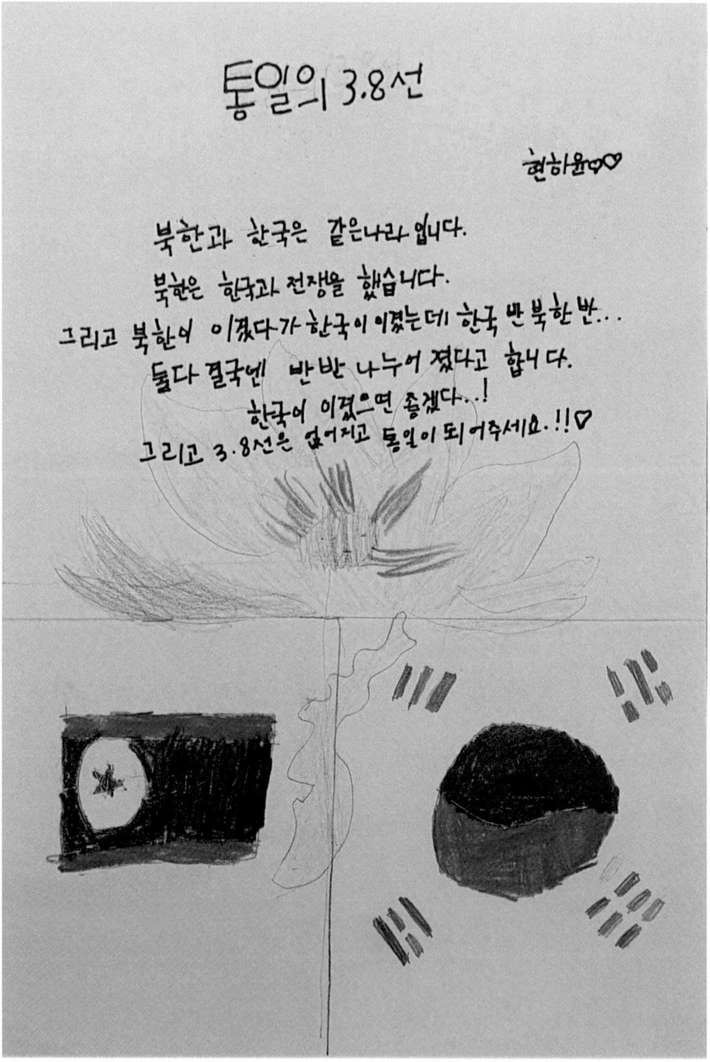
통일의 3.8선
현하윤
북한과 한국은 같은나라 입니다.
북한은 한국과 전쟁을 했습니다.
그리고 북한이 이겼다가 한국이 이겼는데 한국 반 북한 반...
둘다 결국엔 반반 나누어 졌다고 합니다.
한국이 이겼으면 좋겠다..!
그리고 3.8선은 없어지고 통일이 되어주세요.!!

3학년 2반 황이수

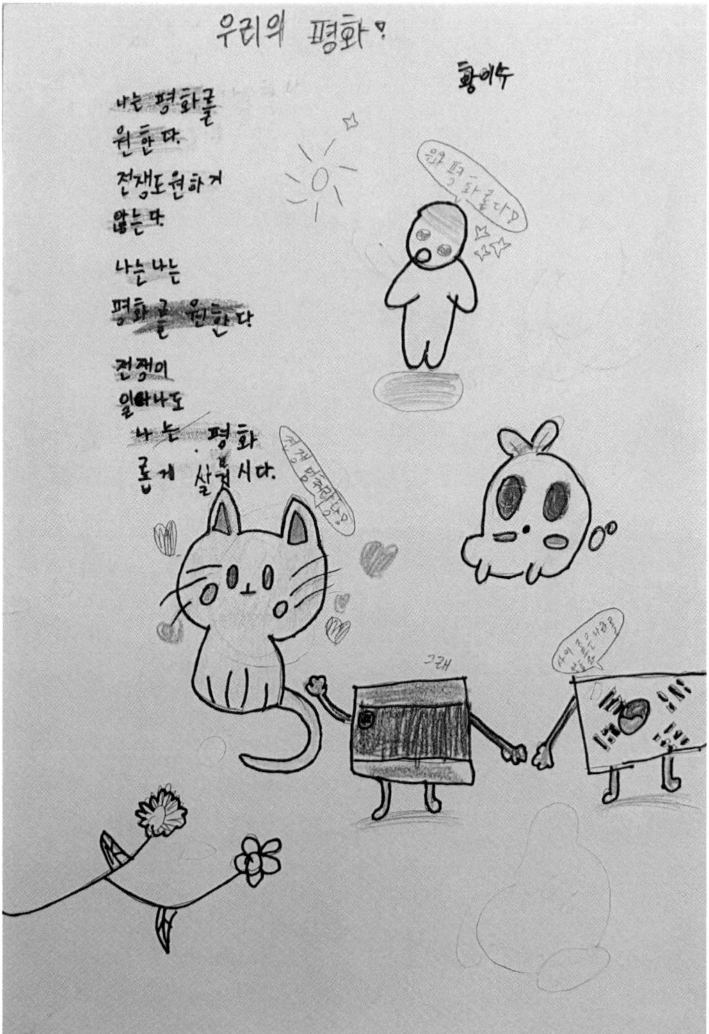
우리의 평화!
황이수
나는 평화를
원한다.
전쟁도원하지
않는다.
나는 나는
평화를 원한다
전쟁이
일어나도
나는 평화
롭게 살겠시다.
그래

3학년 3반

김나윤	김도윤	김서은	김진관	남수하
박서린	박시은	방대현	서하은	송우빈
신준혁	안현정	유신유	윤병헌	이예진
이중현	이진희	임성일	정겨울	정민재
정민하	정우진	정하윤	홍승아	노가희

3학년 3반 김나윤

김나윤
— 이산가족 —
이산가족은 지금쯤 무었을할까?
눈물을 마음속에서 흘리고있을까?
통일하면 좋겠다.
평화가 찾아오면 헤어질일없다.
오히려좋으니까.
DMZ

3학년 3반 김도윤

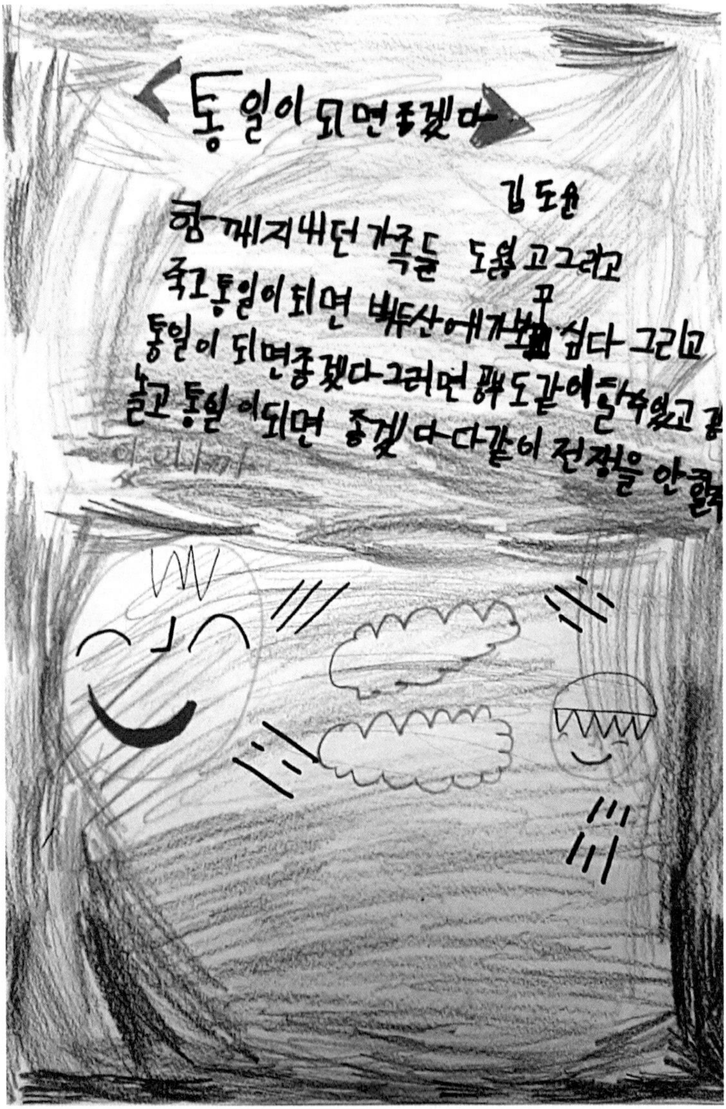

3학년 3반 김서은

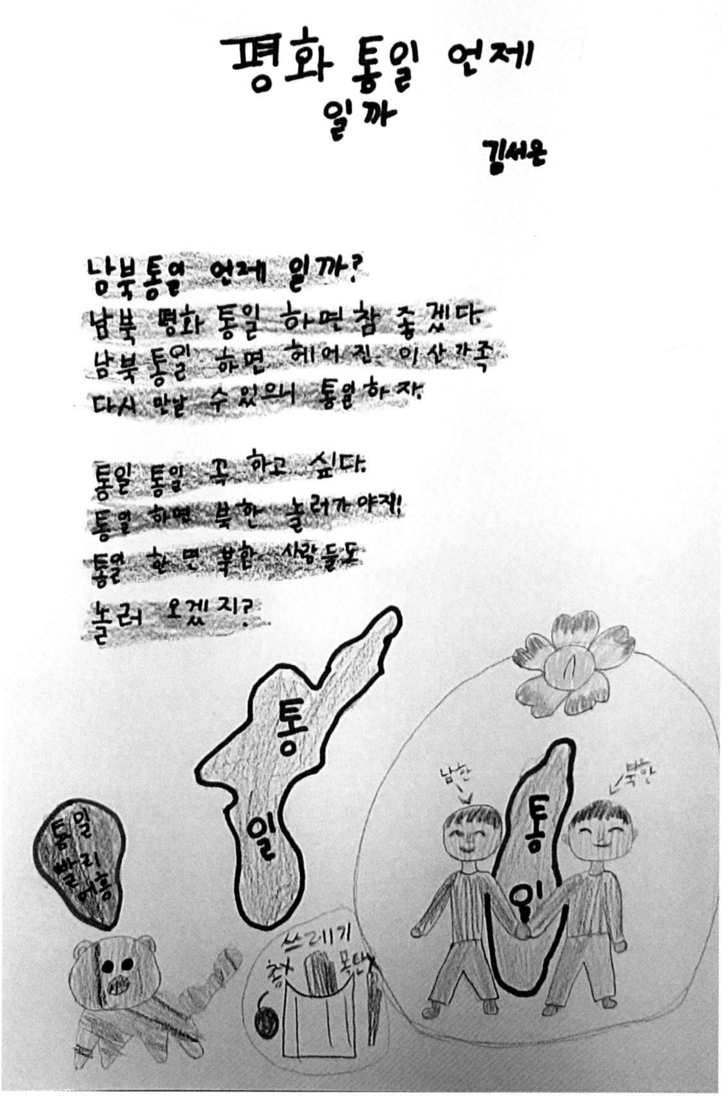
평화 통일 언제 일까
김서은
남북통일 언제 일까?
남북 평화 통일 하면 참 좋겠다.
남북 통일 하면 헤어진 이산 가족
다시 만날 수 있으니 통일 하자.
통일 통일 꼭 하고 싶다.
통일 하면 북한 놀러가야지!
통일 하면 북한 사람들도
놀러 오겠지?
통일
쓰레기
남한
북한
통일

3학년 3반 김진관

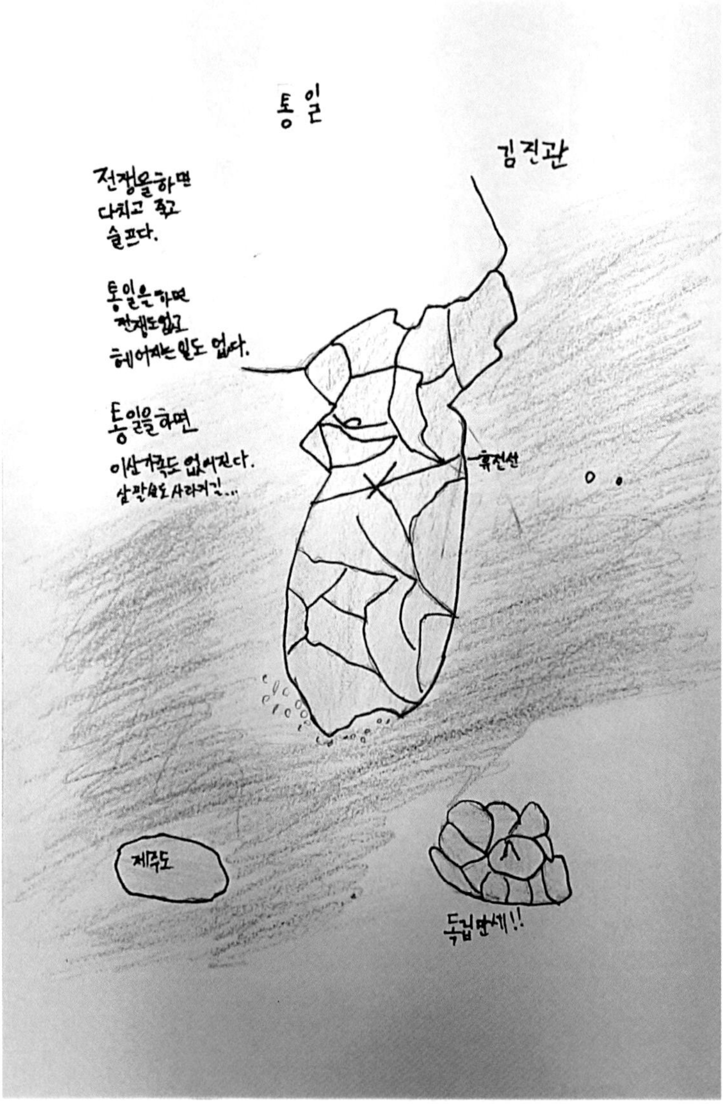
통일
김진관
전쟁을하면
다치고 죽고
슬프다.
통일은 하면
전쟁도없고
헤어지는 일도 없다.
통일을하면
이산가족도 없어진다.
삼팔선도 사라지길...
휴전선
제주도
독립만세!!

3학년 3반 남수하

남수하
〈이산〉
통일해야한다
우리증조할머니는
이미돌아가셨지만
증조할머니의 남편이
거기의 계실거다
이미갔지만
다른사람들이
죽기전에
통일하자
지우개

3학년 3반 박서린

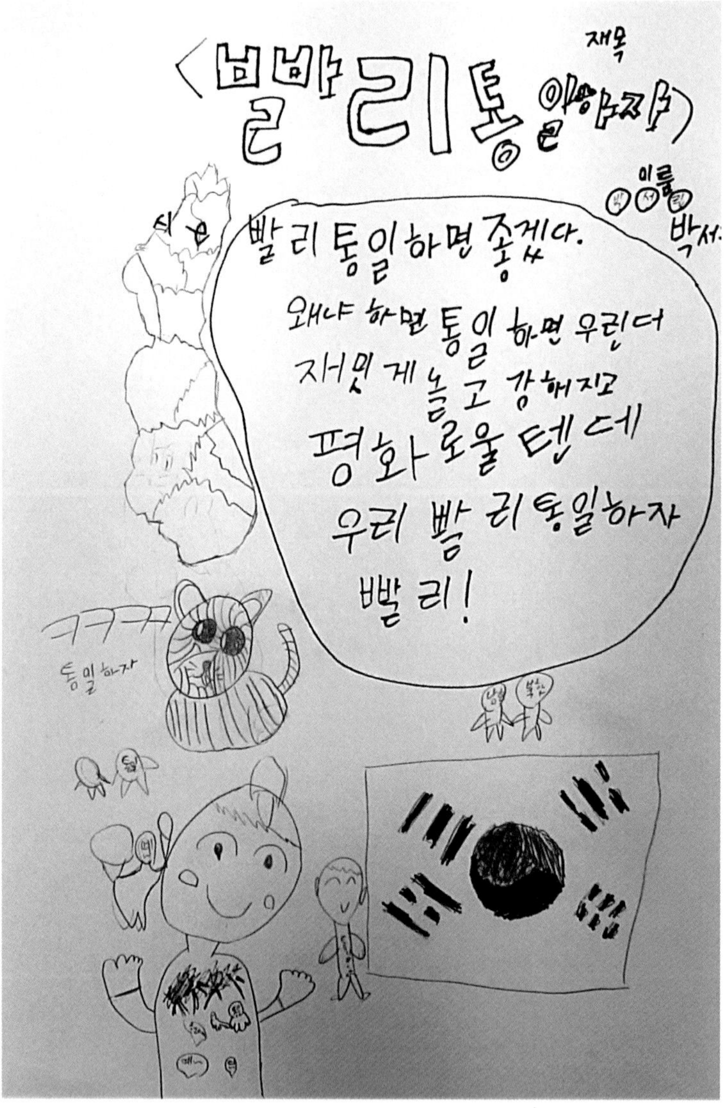
재목
빨리 통일
이름 박서린
빨리 통일하면 좋겠다.
왜냐하면 통일하면 우린더
재밋게 놀고 강해지고
평화로울텐데
우리 빨리 통일하자
빨리!
ㅋㅋㅋㅋ
통일하자

3학년 3반 박시은

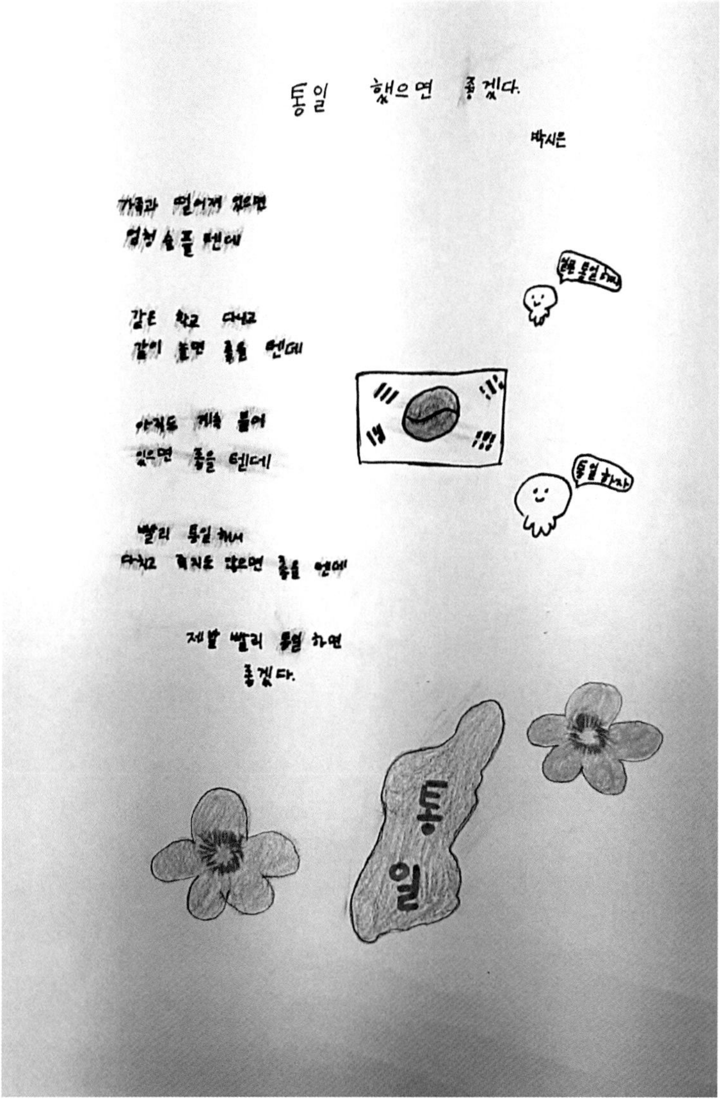
통일 했으면 좋겠다.
박시은
가족과 떨어져 있으면
엄청 슬플 텐데
같은 학교 다니고
같이 놀면 좋을 텐데
아직도 계속 붙어
있으면 좋을 텐데
빨리 통일 해서
다치고 죽지도 않으면 좋을 텐데
제발 빨리 통일 하면
좋겠다.
통일 하자
통일

3학년 3반 방대현

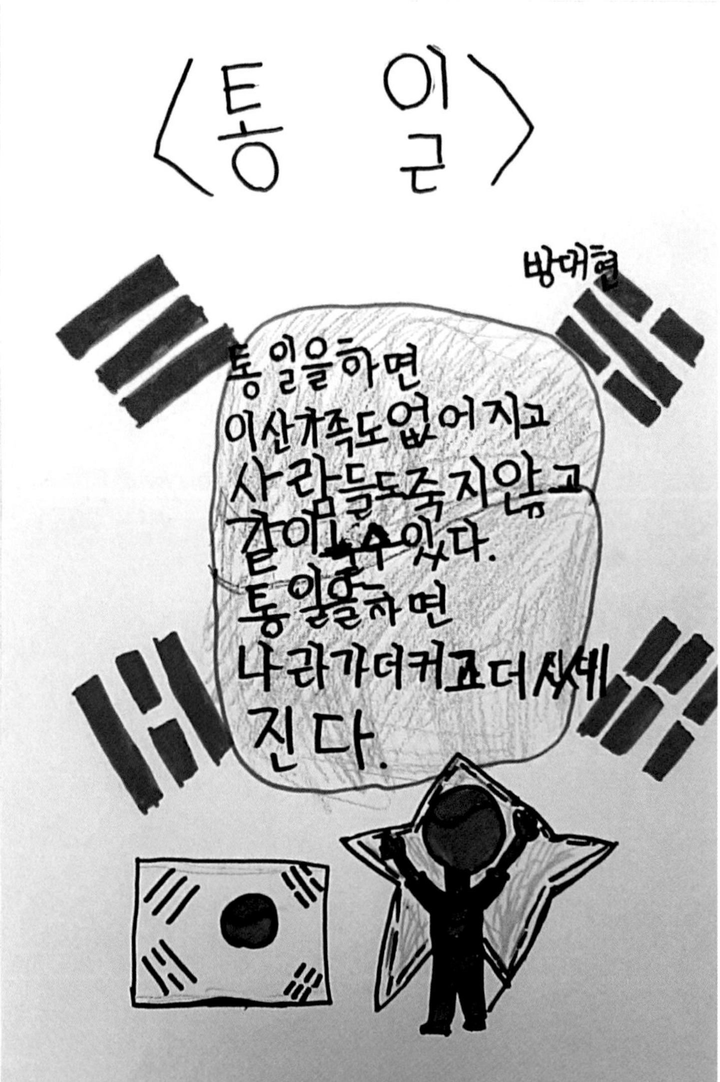

〈통일〉
방대현
통일을하면
이산가족도없어지고
사람들도죽지않고
같이살수있다.
통일을하면
나라가더커지고더세
진다.

3학년 3반 서하은

제목: 통일이 되면 좋겠다 서하은

통일이 되면 좋겠다!
북한이랑 대한민국이
같은 팀이 되니까!
통일이 되면 좋겠다!
북한이랑 같이 공부할 수 있으니까!
통일이 되면 좋겠다!
같이 현장체험학습도 가니까!
통일이 되면 좋겠다!
북한이랑 학교에서 밥먹으니까!
통일이 되면 좋겠다!
같[redacted]한 [redacted]랑 [redacted]수 [redacted]

3학년 3반 송우빈

3학년 3반 신준혁

<호랑이>
신준혁
우리는 호랑이
하지만 허리가 잘린 호랑이
바늘과 실로 꿰매면
아무도 건드리지못하는 호랑이
한라산
백두산
휴전선
통일!!!
바늘

3학년 3반 안현정

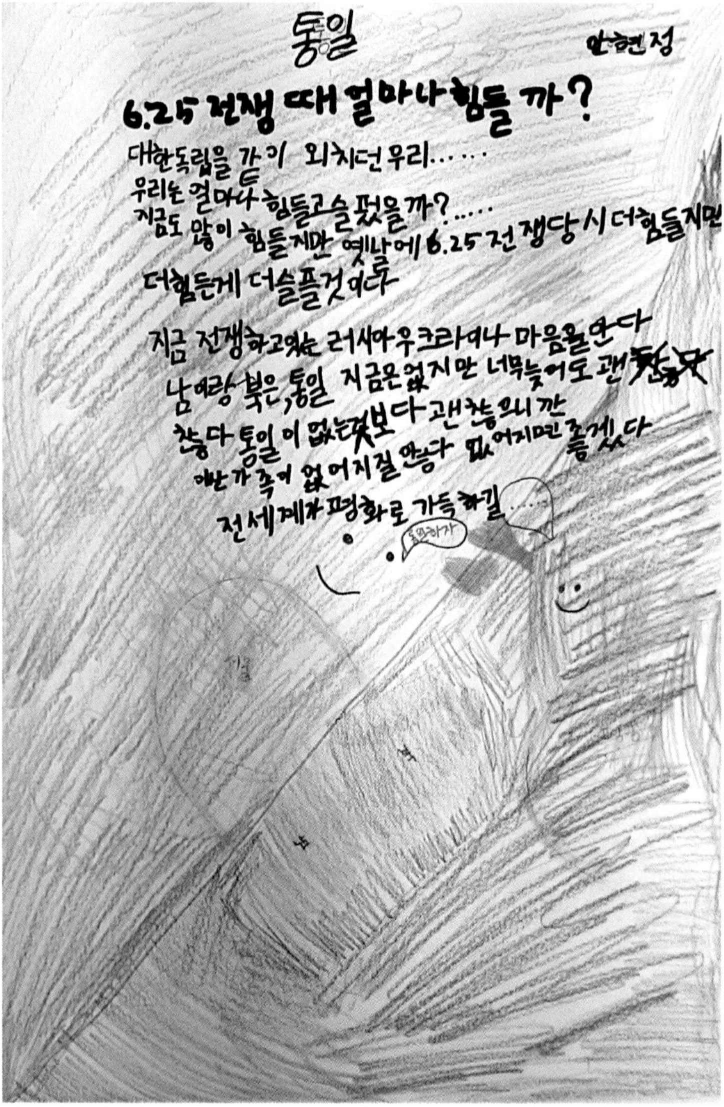
통일
안현정
6.25 전쟁 때 얼마나 힘들까?
대한독립을 같이 외치던 우리......
우리는 얼마나 힘들고 슬펐을까?......
지금도 많이 힘들지만 옛날에 6.25 전쟁당시 더 힘들지만
더 힘든게 더 슬플것이다
지금 전쟁하고있는 러시아 우크라이나 마음을 안다
남이랑 북은, 통일 지금은 없지만 너무 늦어도 괜찮다
괜찮다 통일이 없는것보다 괜찮으니깐
이산가족이 없어지길 원한다 없어지면 좋겠다
전세계가 평화로 가득하길......
통일하자

3학년 3반 유신유

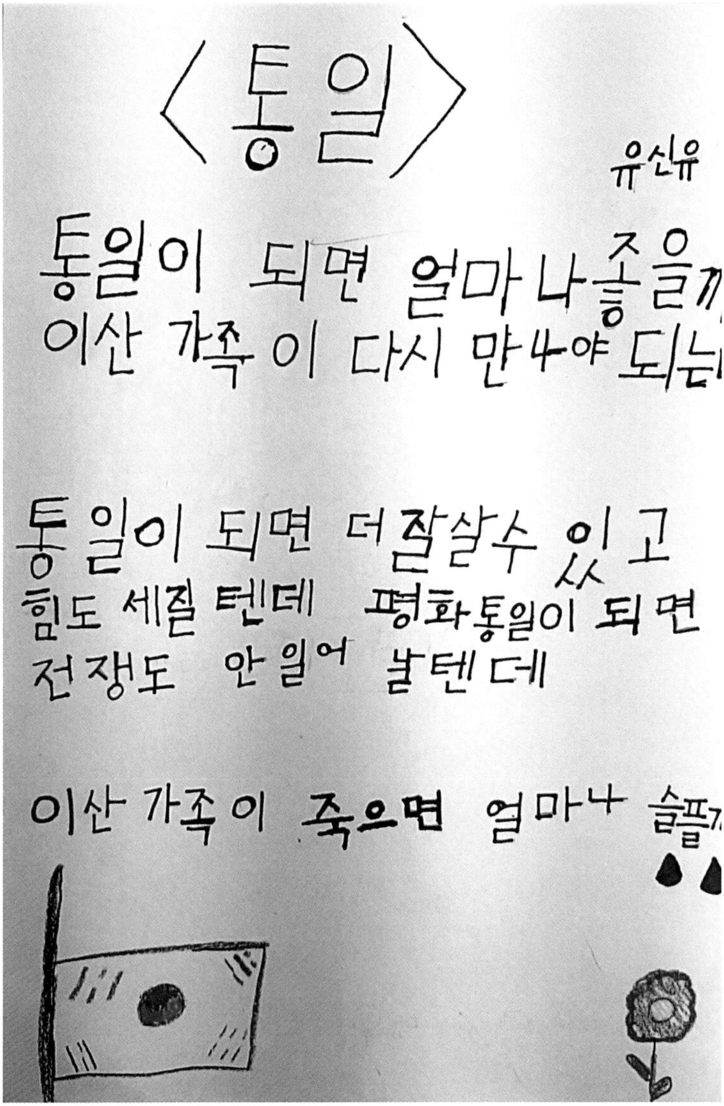

〈통일〉

유신유

통일이 되면 얼마나 좋을ㄲ
이산 가족이 다시 만나야 되는

통일이 되면 더 잘살수 있고
힘도 세질텐데 평화통일이 되면
전쟁도 안 일어 날텐데

이산 가족이 죽으면 얼마나 슬플ㄲ

3학년 3반 윤병헌

평화로운 통일
윤병헌
이산 가족은 얼마나 슬플까
그 할메에 눈물 북한이랑 제발
통일하자 통일이 되면 같이 공부
놀고하자 통일 하면 땅이 엄청
커지고 학교에서 현장체험도
같이가고 전쟁이 일어나면 또 많은
사람이 죽고 몇년동안 해야 하니까
통일을 하자
북한
남한
악수
통일
통일

3학년 3반 이예진

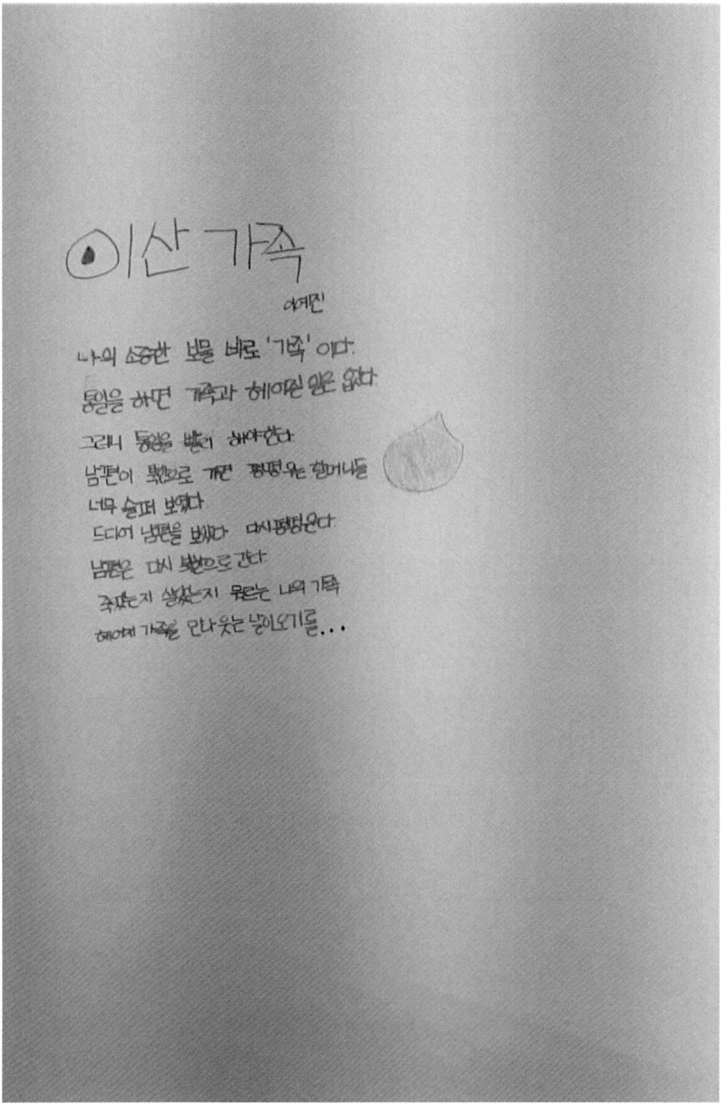

이산 가족

이예진

나의 소중한 보물 바로 '가족' 이다.
통일을 하면 가족과 헤어질 일은 없다.
그러니 통일을 빨리 해야한다.
남편이 북한으로 가면 평생 우는 할머니들
너무 슬퍼 보였다.
드디어 남편을 보았다 다시 펑펑 운다.
남편은 다시 북한으로 간다.
죽었는지 살았는지 모르는 나의 가족
헤어진 가족을 만나 웃는 날이오기를...

3학년 3반 이중현

이별
글: 이중현
이별이 없으면 좋겠다 이별이 있으면 이
산가족은 얼마나 슬플까 이제 통일이 되
면 좋겠다 난 오늘도 통일이 되는걸 바란다

3학년 3반 이진희

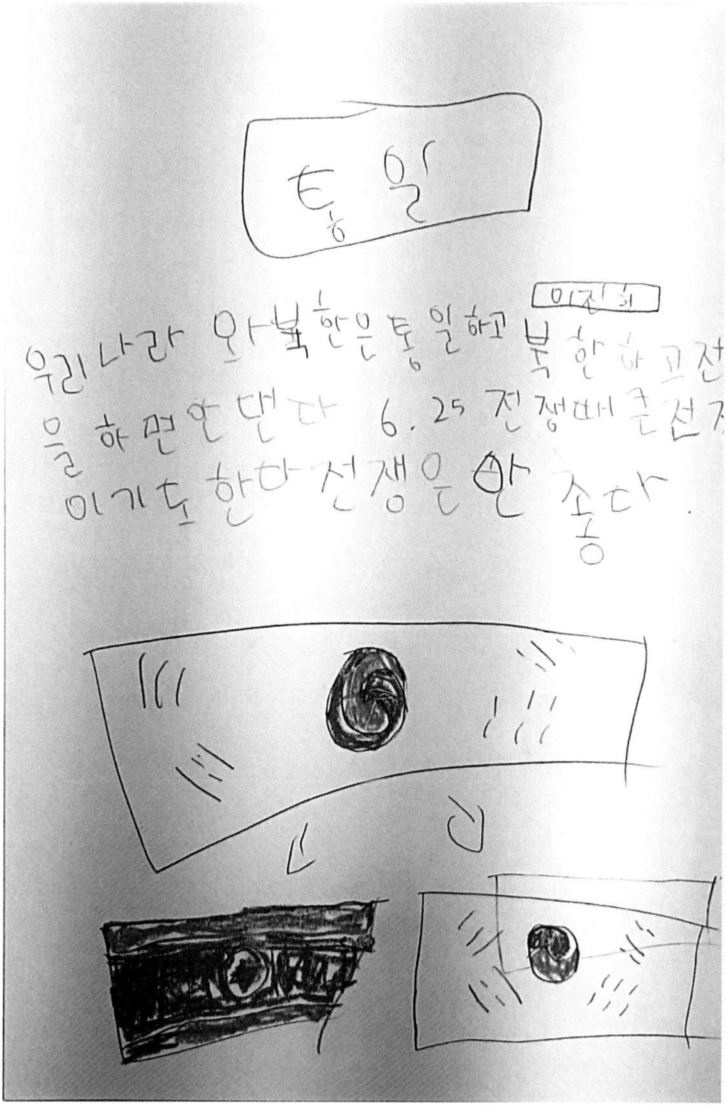

3학년 3반 임성일

<통일을 잊고 나라를지키자!>
임성일
통일을해서 해어진
가족을구하고싶다
해어진가족슬프다
북한도한국이랑제발통일하
자 제발 통일하자
한국도북한도전세계
나라를구하자

3학년 3반 정겨울

그것은 꽃이다
정겨울
이산 가족이
다시 만나는 그것은
꽃이다
북한 친구들과
공부하고 노는 그것은
꽃이다
아름다운 자연을
마음대로 볼수 있는 그것은
꽃이다
이 꽃이 모두 모이면
평화통일이라는
아주 큰 꽃이
탄생하게 된다

3학년 3반 정민재

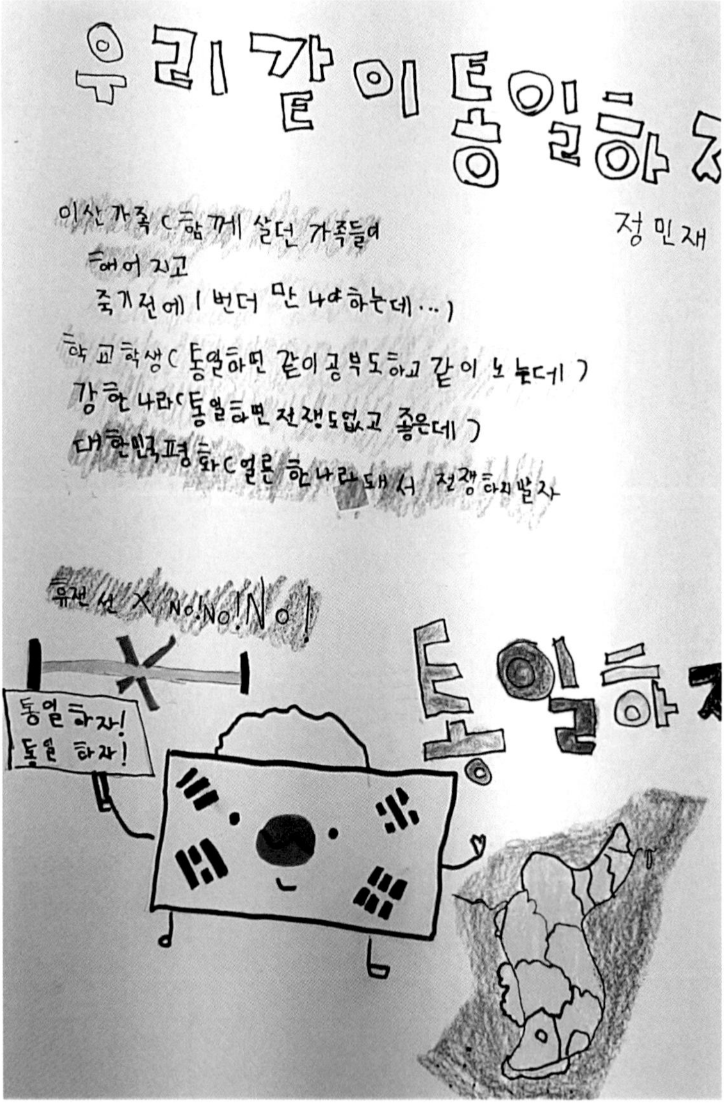

우리 같이 통일하자
정민재
이산가족(함께 살던 가족들이
헤어지고
죽기전에 1번더 만나야하는데...)
학교학생(통일하면 같이 공부도하고 같이 노는데)
강한 나라(통일하면 전쟁도없고 좋은데)
대한민국평화(얼른 한나라돼서 전쟁하지말자
휴전선 X No!No!No!
통일하자!
통일 하자!
통일하자

3학년 3반 정민하

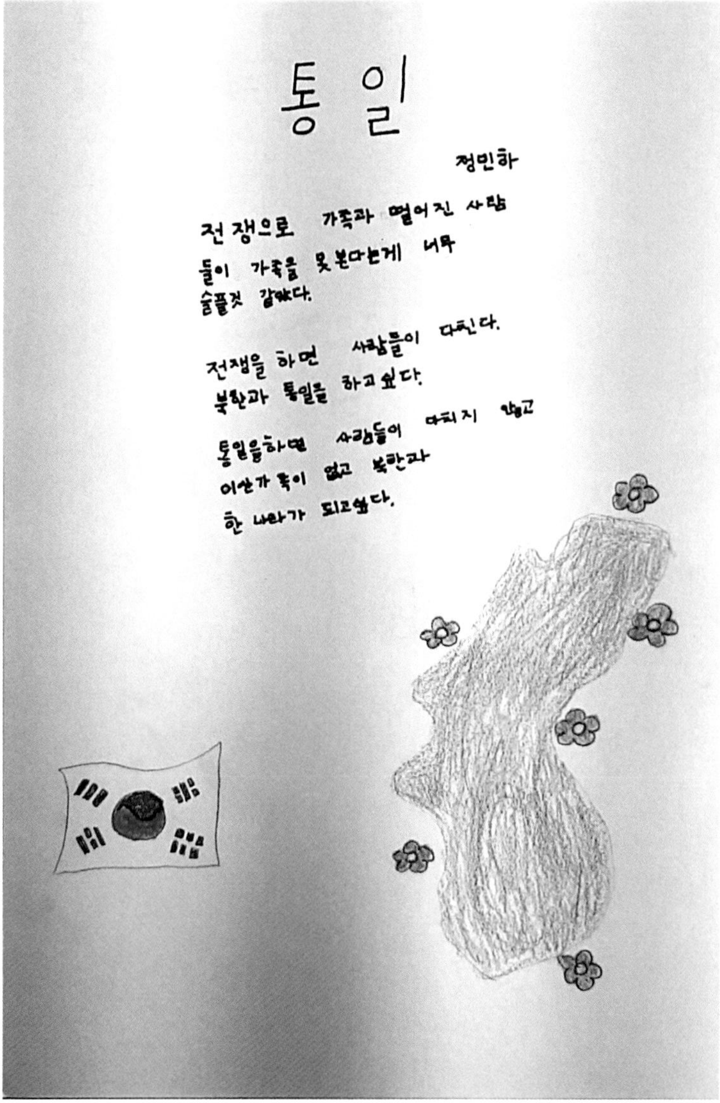

통일
정민하
전쟁으로 가족과 떨어진 사람
들이 가족을 못본다는게 너무
슬플것 같았다.
전쟁을 하면 사람들이 다친다.
북한과 통일을 하고싶다.
통일을하면 사람들이 다치지 않고
이산가족이 없고 북한과
한 나라가 되고싶다.

3학년 3반 정우진

〈통일 하자〉 이름: 정우진
제발 통일를 하자
그러지 않으면 평화를 찾을 수 없어
북한아 우리랑 통일 하지 않을래?
그래야 땅도 많아지고
나라가 쎄져 북한아 통일 해줄래?
해 줄거지..?
넘어서는 것? X!

3학년 3반 정하윤

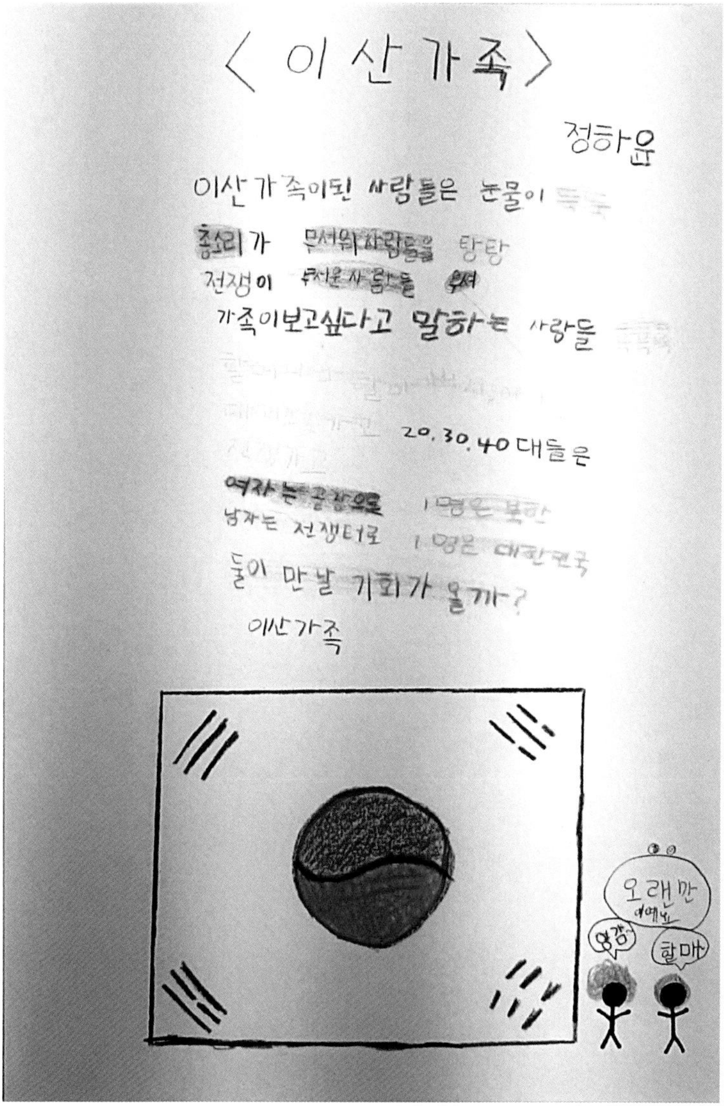
〈 이 산 가 족 〉
정하윤
가족이보고싶다고 말하는 사람들
20,30,40 대들은
남자는 전쟁터로
둘이 만날 기회가 올까?
이산가족
오래만
할매

3학년 3반 홍승아

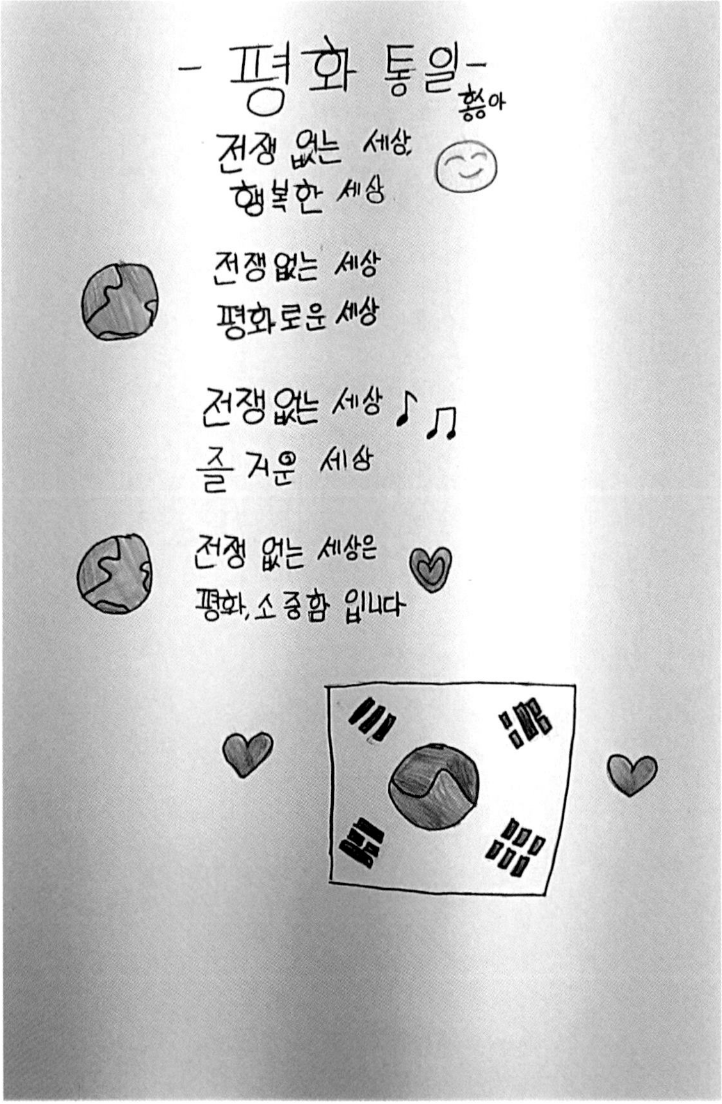
- 평화 통일 -
홍승아
전쟁 없는 세상,
행복한 세상
전쟁 없는 세상
평화로운 세상
전쟁 없는 세상
즐거운 세상
전쟁 없는 세상은
평화, 소중함 입니다

3학년 3반 노가희

<호랑이>
노가희
한반도는
호랑이하지만
호랑이의얼굴
을볼수없다 하루
빨리평화통일
이돼서 호랑이
의얼굴을보고싶다
전쟁
평화

3학년 4반

고은별	김다솔	김도현	김보나	박주혁
배민율	변민준	변준영	안광훈	이가인
이슬찬	이예찬	이하은	이하정	임대한
장서윤	장하윤	정아라	정하나	정혜담
최승범	최윤슬	최은수	함가영	황권중

3학년 4반 고은별

이초 빨리 통일돼라
고은별
3-4
글
그림
이초 빨리 통일돼면 좋겠다
그럼 북한 말도 안 배울 탠대.
이초 빨리 통일돼라 그럼
북한 사람들도 고생안하실 탠대
이초 빨리 통일 돼라 그럼
우리나라 부자됄탠데
이초 빨리 통일돼라 그럼
모두 행복할탠대
이초 빨리 통일 돼라
나도 북한친구 만나보고 십다
통일

3학년 4반 김다솔

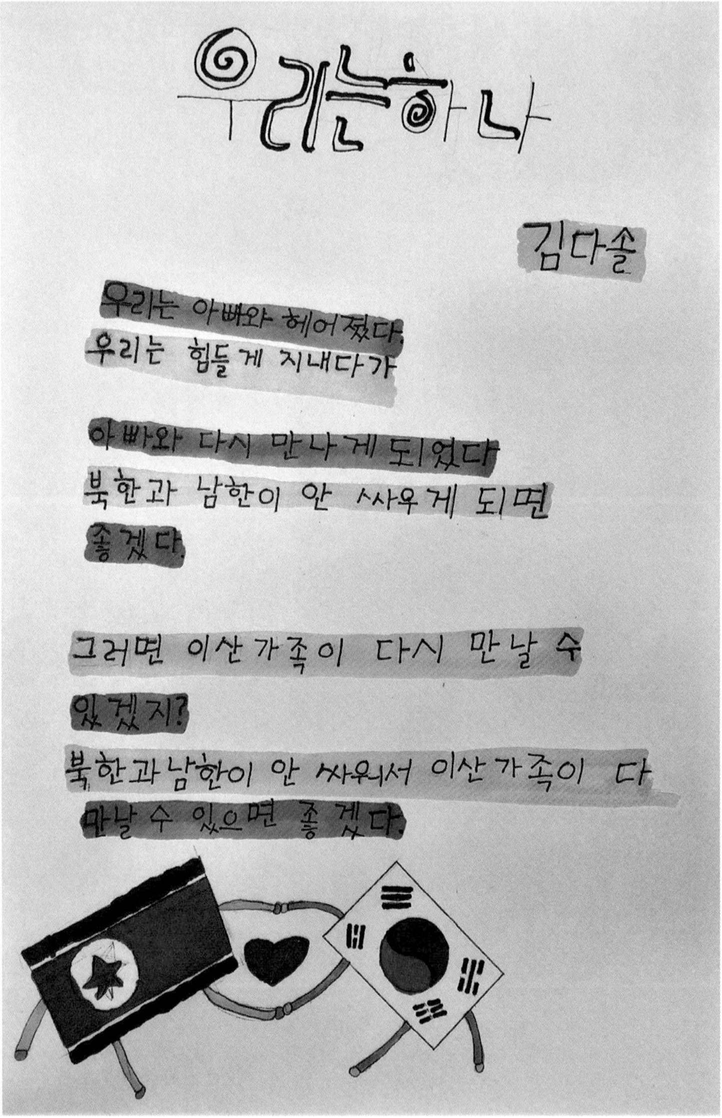
우리는 하나
김다솔
우리는 아빠와 헤어졌다.
우리는 힘들게 지내다가
아빠와 다시 만나게 되었다
북한과 남한이 안 싸우게 되면
좋겠다.
그러면 이산 가족이 다시 만날 수
있겠지?
북한과 남한이 안 싸워서 이산 가족이 다
만날 수 있으면 좋겠다.

3학년 4반 김도현

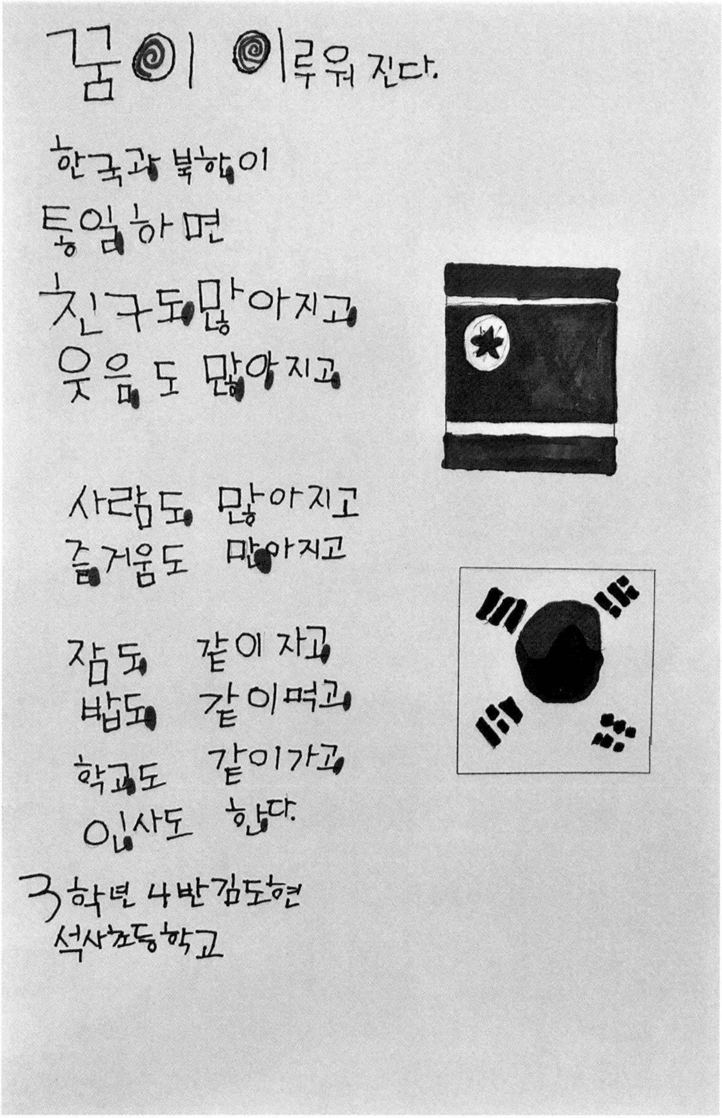
꿈이 이루워 진다.

한국과 북한이
통일하면
친구도 많아지고
웃음도 많아지고

사람도 많아지고
즐거움도 많아지고

잠도 같이 자고
밥도 같이 먹고
학교도 같이 가고
인사도 한다.

3학년 4반 김도현
석사초등학교

3학년 4반 김보나

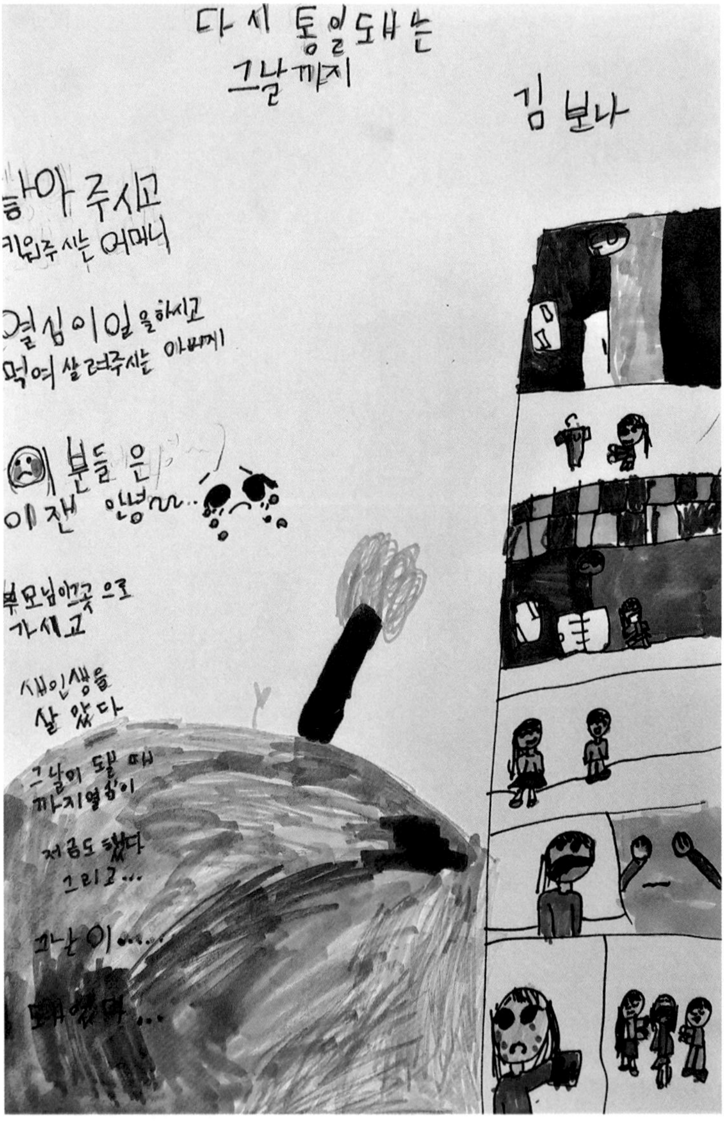

다시 통일되는
그날까지
김보나
아 주시고
키워주시는 어머니
열심이 일을하시고
먹여 살려주시는 아빠께
이 분들은
이잰 안녕~~...
부모님이그곳으로
가시고
새인생을
살았다
그날이 될 때
까지열심이
저금도 했다
그리고...
그날이...
되었다...

3학년 4반 박주혁

통일을 하면?
통일을 하면 어떨까?
한 숨을 잤다.
박주혁
3-4
이건 꿈인것 같아
꿈에서 뉴스가 나왔어
뉴스에서 북한과 남한이 손을잡고 있어
그래서 나는 너무 좋았어

3학년 4반 배민율

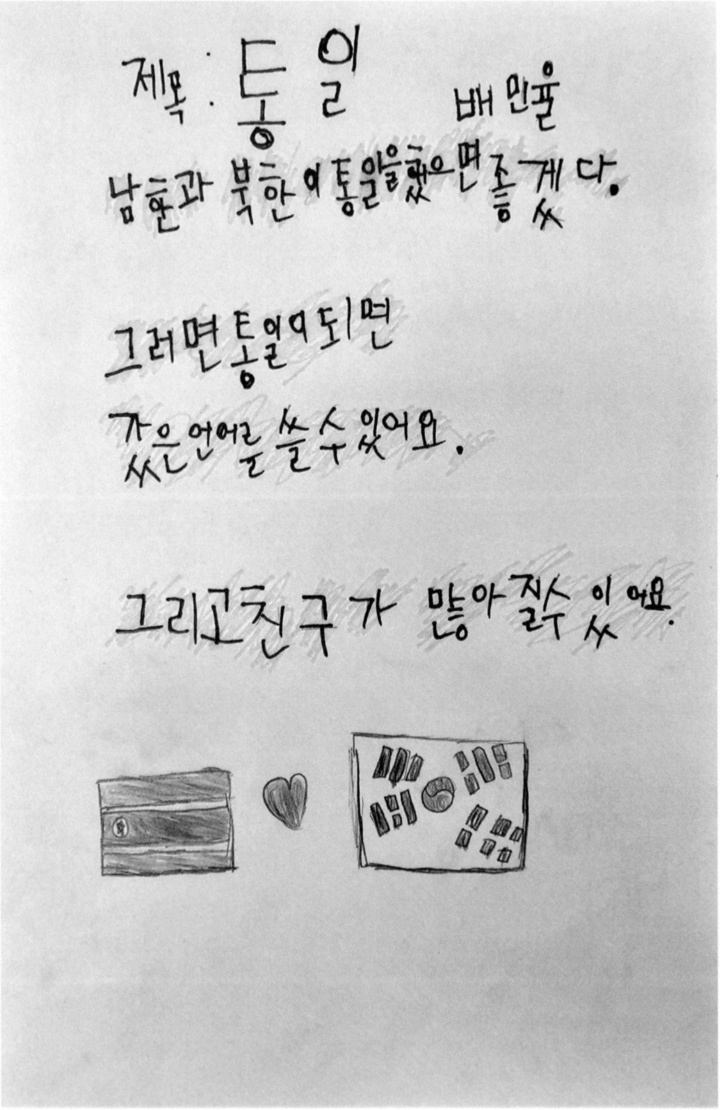
제목 : 통일 배민율
남한과 북한이 통일을 했으면 좋겠다.
그러면 통일이 되면
같은 언어를 쓸 수 있어요.
그리고 친구가 많아질 수 있어요.

3학년 4반 변민준

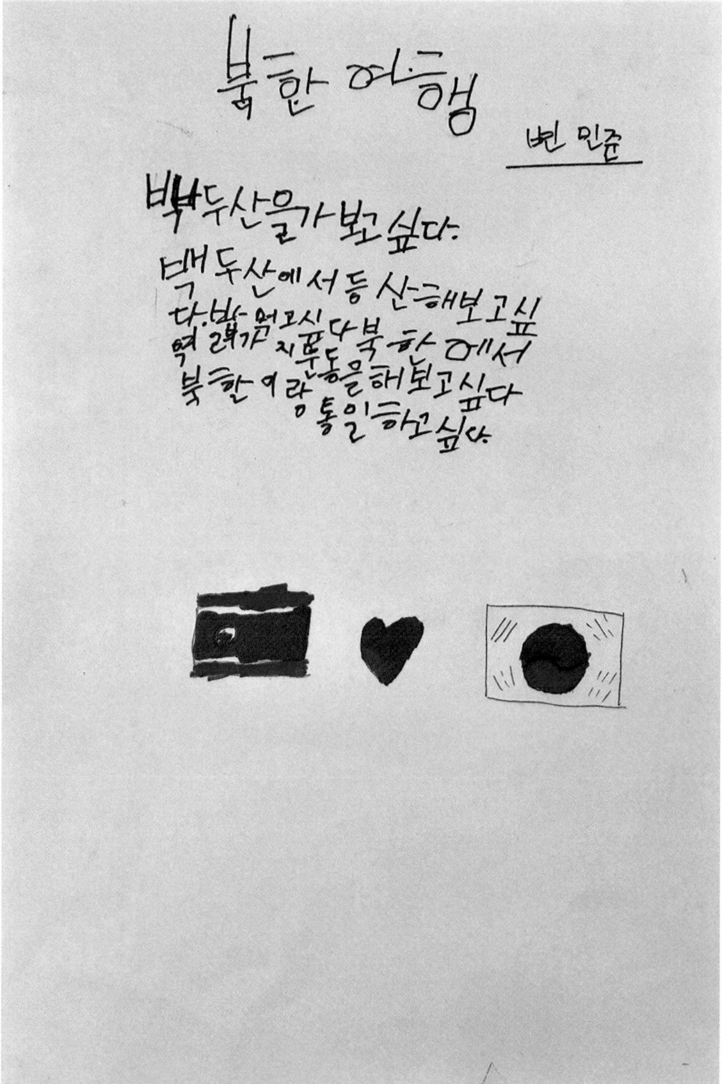
북한 여행
변 민준
백두산을 가보고 싶다.
백두산에서 등산해보고 싶
다. 밥 먹고 싶다 북한에서
북한 애랑 운동을 해보고 싶다
통일하고 싶다.

3학년 4반 변준영

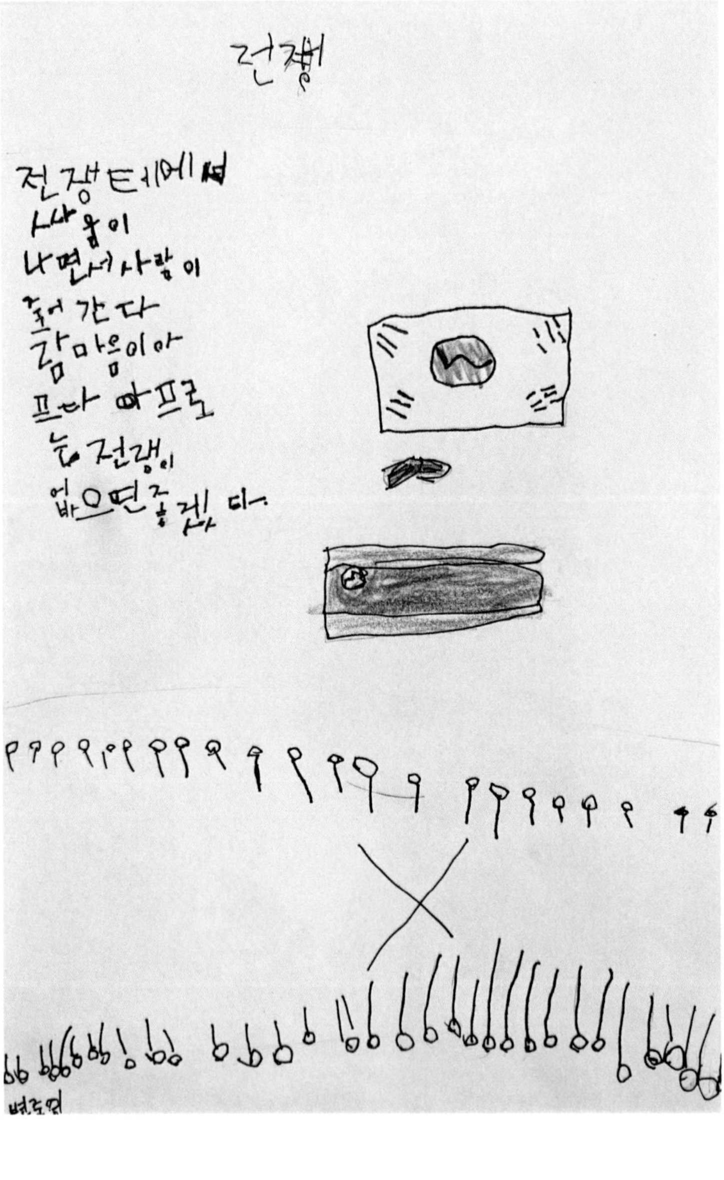
전쟁
싸움이
나면서 사람이
죽어 간다
없으면 좋겠다.
변준영

3학년 4반 안광훈

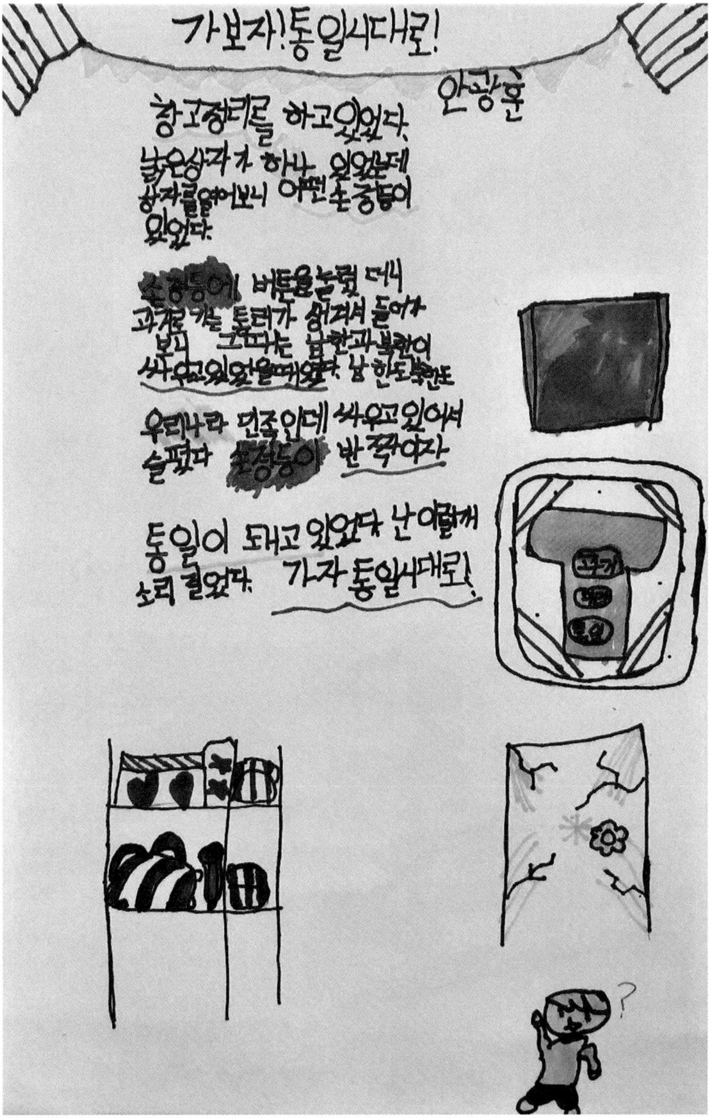
가보자! 통일시대로!
안광훈
창고정리를 하고있었다.
낡은상자가 하나 있었는데
상자를열어보니 어떤손중등이
있었다.
손정등에 버튼을눌렀더니
과거로 가는 통로가 생겨서 들어가
보니 그때는 남한과북한이
싸우고있었을때였다. 남한도북한도
우리나라 민족인데 싸우고있어서
슬펐다 손정등이 반짝이자
통일이 되고있었다 난 이렇게
소리 질렀다. 가자 통일시대로!

3학년 4반 이가인

통일하게 된다면
이가인
통일하게 된다면
우리땅이 더 넓어지고,
x2
통일하게 된다면
북한에 들어갈수 있게 되고,
통일하게 된다면
이산가족들이 행복해지고
통일하게 된다면
다른나라들이 우리나라를 무시할수 없게 되-
나도...
통일하고 싶다..

3학년 4반 이슬찬

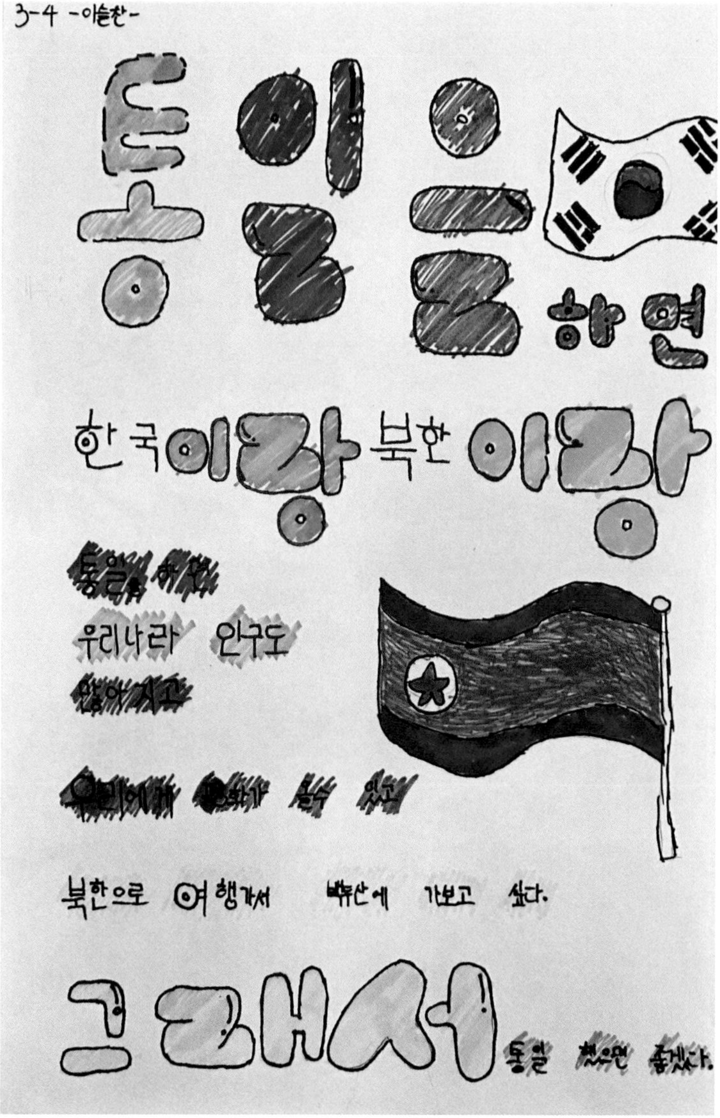
3-4 -이슬찬-
통일을 하면
한국이랑 북한이랑
통일을 하면
우리나라 인구도
많아지고
우리에게 평화가 올수 있고
북한으로 여행가서 백두산에 가보고 싶다.
그래서 통일 했으면 좋겠다.

3학년 4반 이예찬

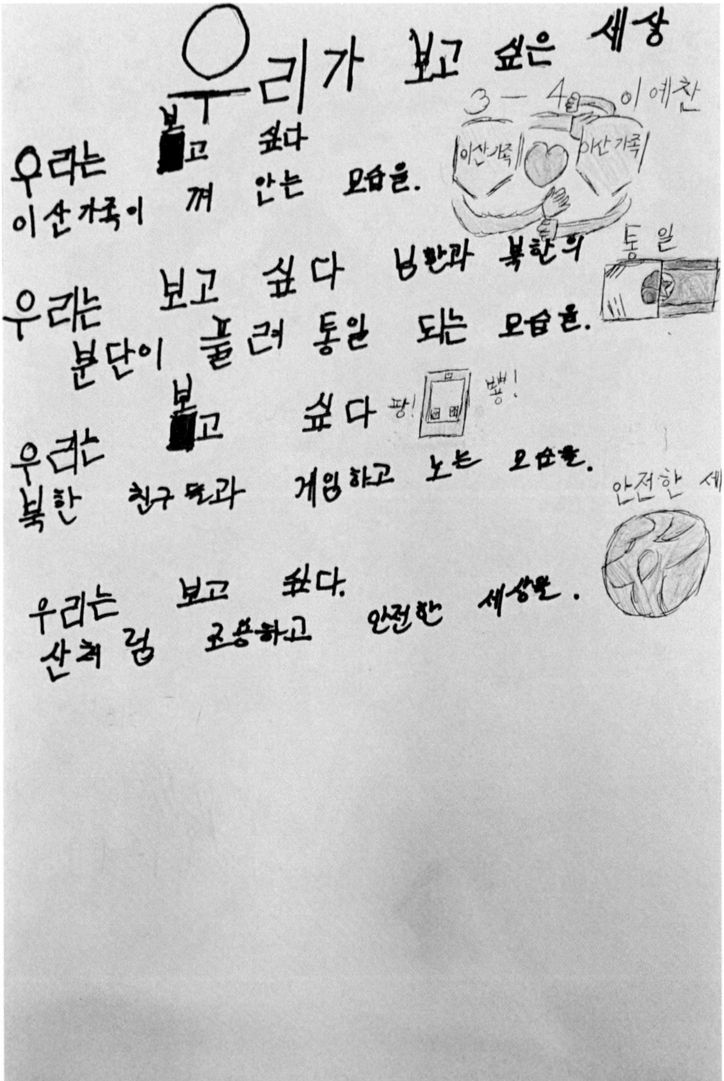
우리가 보고 싶은 세상
3-4 이예찬
우리는 보고 싶다
이산가족이 껴 안는 모습을.
이산가족
이산가족
우리는 보고 싶다 남한과 북한의
분단이 풀려 통일 되는 모습을.
통일
우리는 보고 싶다
북한 친구들과 게임하고 노는 모습을.
팡!
뿅!
우리는 보고 싶다.
산처럼 조용하고 안전한 세상을.
안전한 세

3학년 4반 이하은

북한 친구와의 만남
3-4 이하은
북한 친구와 만나
놀고 싶다
북한 친구와 만나
공부 하고 싶다
북한 친구와 만나
밥 먹고 싶다
북한 친구와는 언제
만날수 있을 까?
오늘 오늘 북한 친구와
만나고 싶다

3학년 4반 이하정

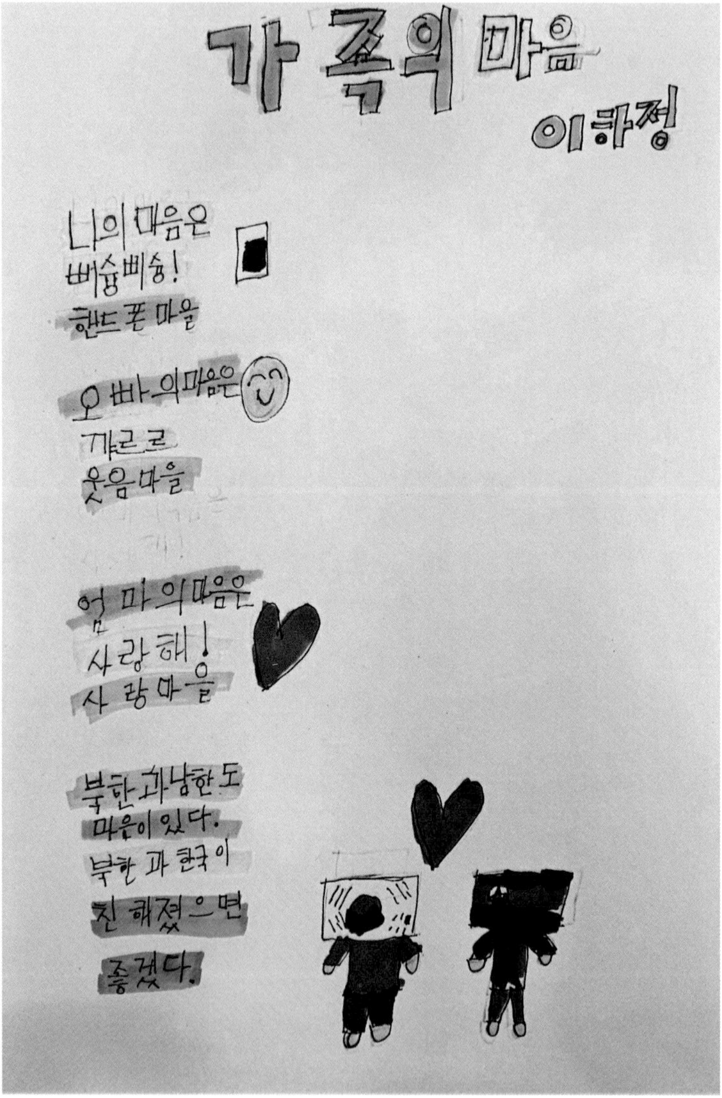

가족의 마음
이하정
나의 마음은
삐슝삐슝!
핸드폰 마을
오빠의 마음은
깨르르
웃음마을
엄마의 마음은
사랑해!
사랑마을
북한과 남한도
마음이 있다.
북한과 한국이
친해졌으면
좋겠다.

3학년 4반 임대한

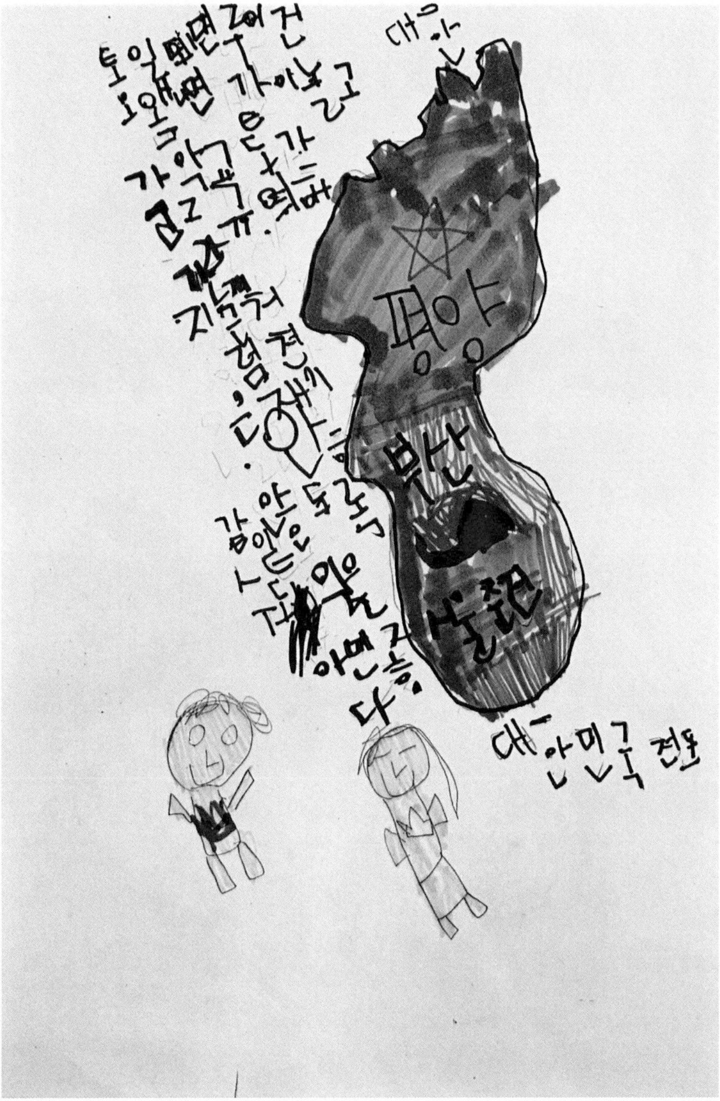

3학년 4반 장서윤

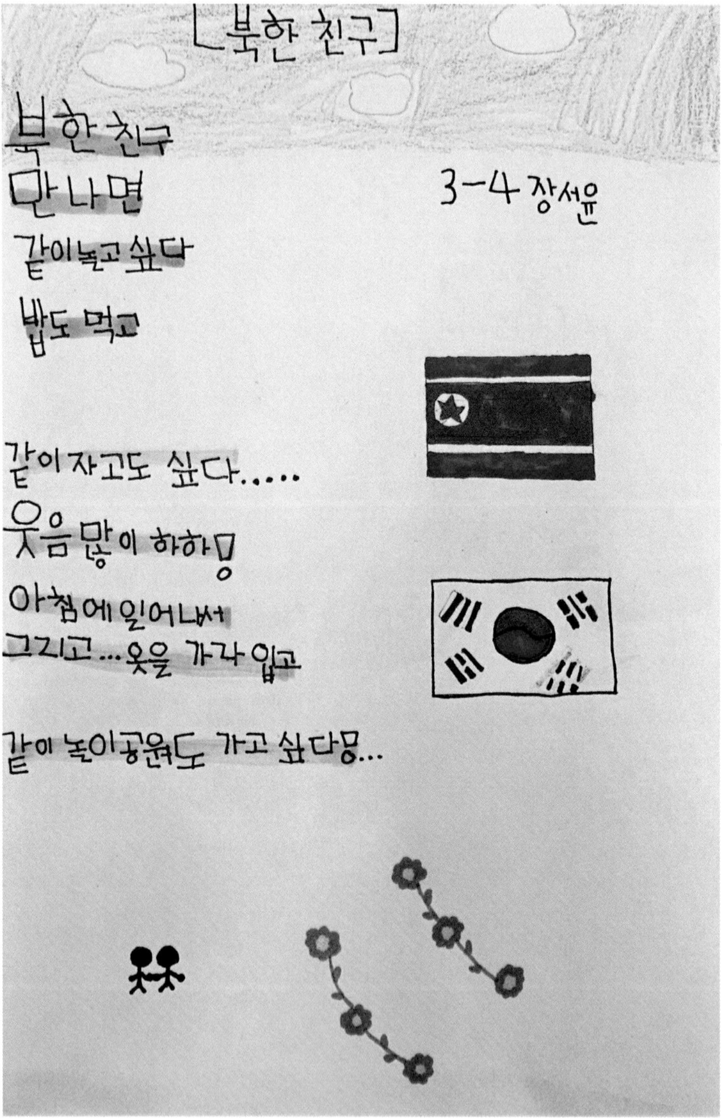
[북한 친구]
북한 친구
만나면
3-4 장서윤
같이놀고 싶다
밥도 먹고
같이 자고도 싶다.....
웃음 많이 하하몽
아침에일어나서
그리고...옷을 가각 입고
같이 놀이공원도 가고 싶다몽...

3학년 4반 장하윤

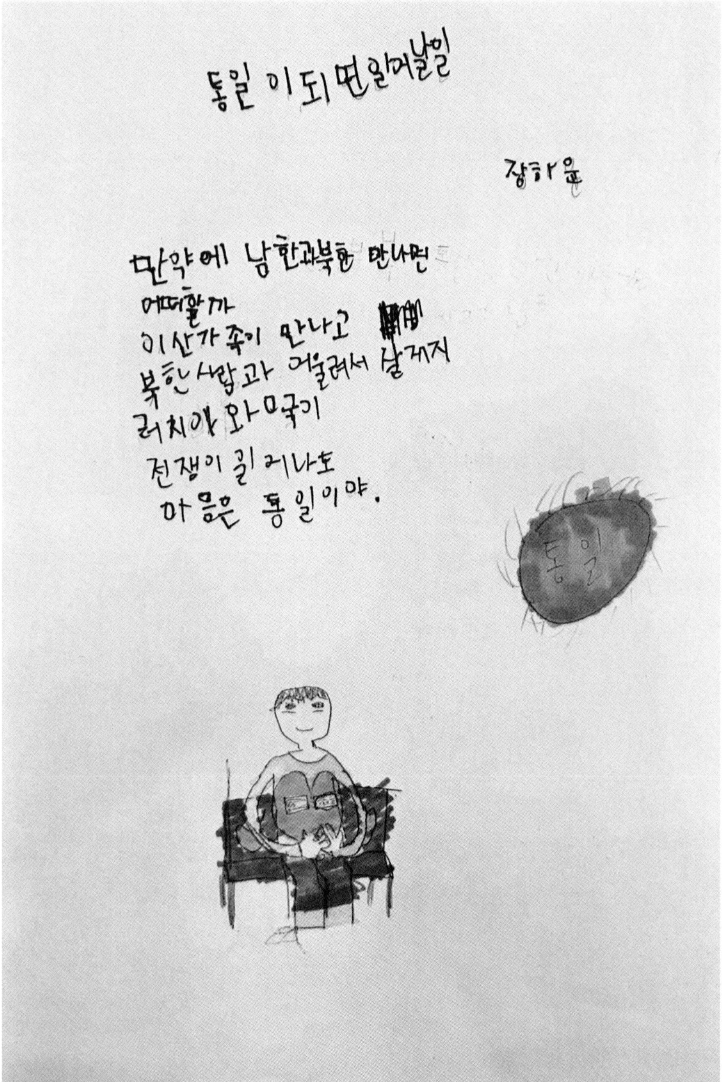

통일 이 되면 일어날일
장하윤
만약에 남한과북한 만나면
어떠할까
이산가족이 만나고
북한사람과 어울려서 살겠지
러치아 와 미국이
전쟁이 일어나도
마음은 통일이야.
통일

3학년 4반 정아라

내 마음
정아라
내 마음은
꺄르르!
웃음 마을
동생의마음은
피슝피슝!
게임 마을
언니의 마음은
샐러드
옷샤옷샤!!
다이어트마을
엄마의 마음은
사랑해!
딸 둘 마을
아빠의마음은
맥주마을
남한
북한
남한과북한도
마음이있다.
남한과북한이
친하게 지냈
으면 좋겠다

3학년 4반 정하나

웁니다
3-4 정하나
우리는 울었다.
보고싶다.
사랑한다
가족을 만나지 못했다
나는 울었다.
가족 웃는 모습을 보고싶다.
하지만..
가족우는 모습을 봤다..
사랑해 가족들

3학년 4반 정혜담

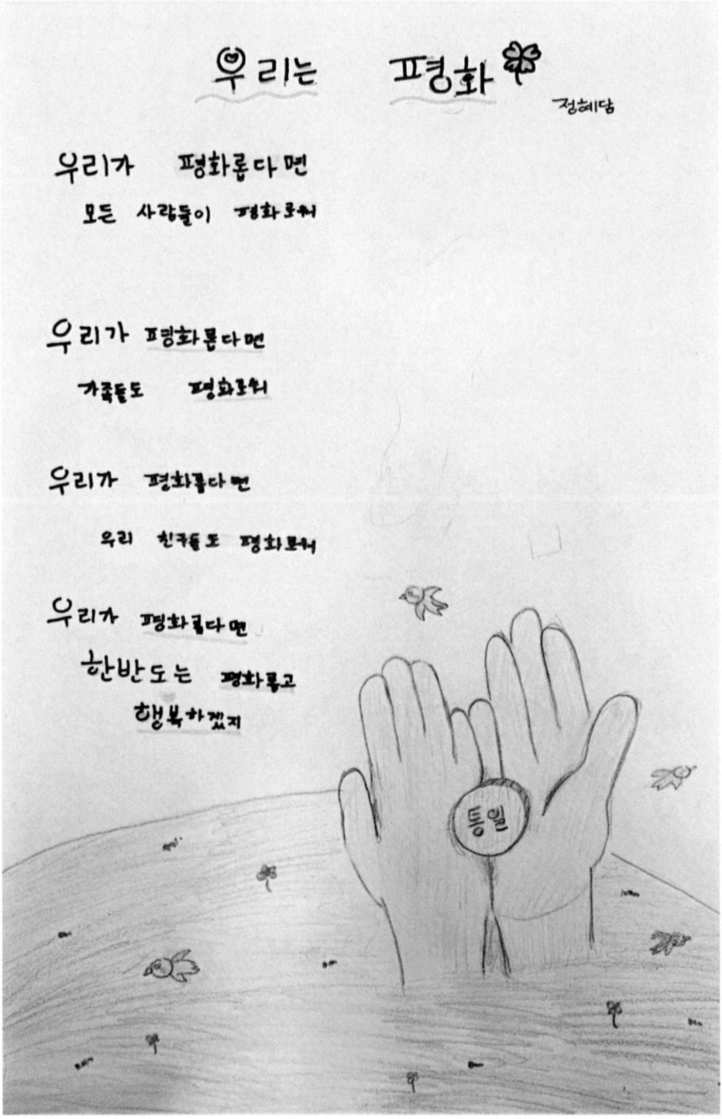
우리는 평화
정혜담
우리가 평화롭다면
모든 사람들이 평화로워
우리가 평화롭다면
가족들도 평화로워
우리가 평화롭다면
우리 친구들도 평화로워
우리가 평화롭다면
한반도는 평화롭고
행복하겠지
통일

3학년 4반 최승범

통일

최승범

통일 이되면북한 여행을 할수있고
통일이되면 북한 친구들과 놀수있고
통일이되면 북한 친구들과 학교생활을할수있고

통일이되면 우리나라가 부자가되고
통일이되면 북한 가족들과 즐겁게 생활 할수 있고
통일이되면 뉴스에 통일 되었다고 나오고

통일이 되면 북한 사람과남한사람이서로 안고
통일이되면서로 악수 하고
통일이되면 이산가족들이 만나 기쁘다고 운다.

3학년 4반 최윤슬

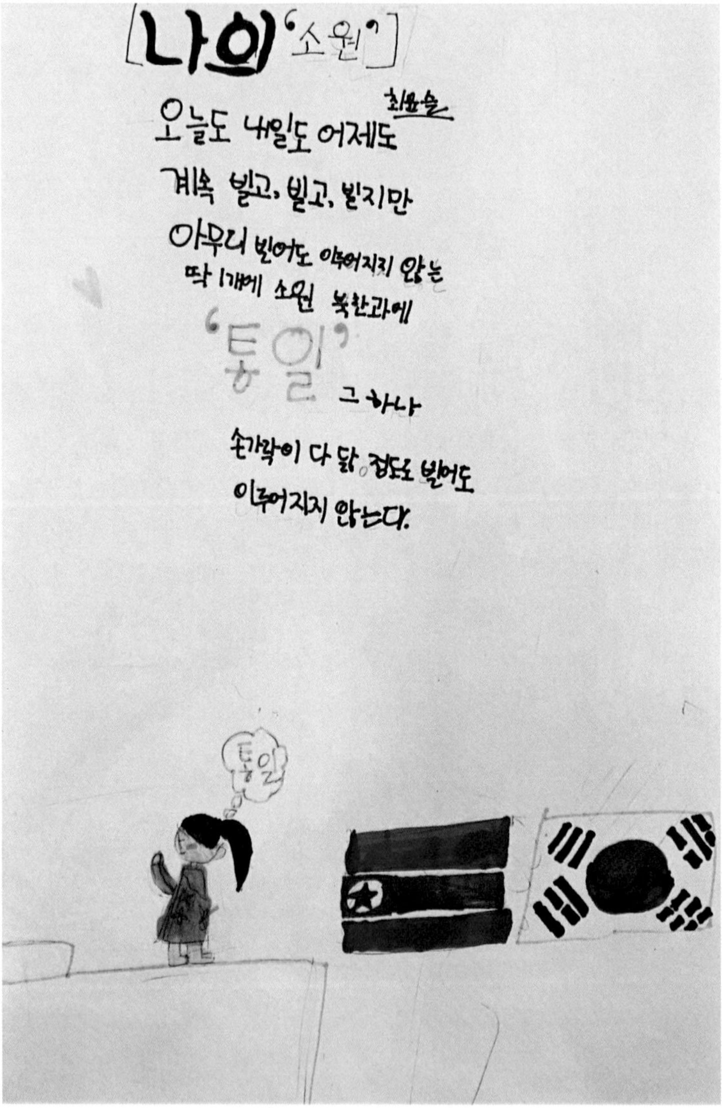
[나의 '소원']
최윤슬
오늘도 내일도 어제도
계속 빌고, 빌고, 빌지만
아무리 빌어도 이루어지지 않는
딱 1개에 소원 북한과에
'통일'
그 하나
손가락이 다 닳.정도로 빌어도
이루어지지 않는다.
통일

3학년 4반 최은수

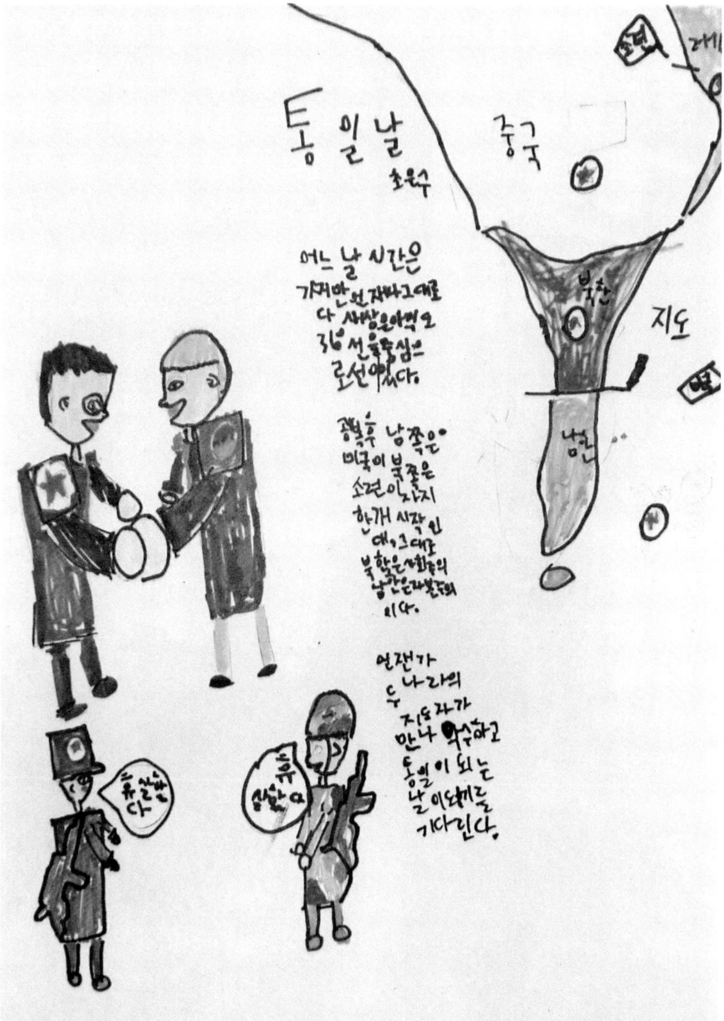

통일날
중국
북한
지도
남한
어느 날 시간은
광복후 남쪽은
미국이 북쪽은
소련이 차지
언잰가
두 나라의
지도자가
만나 악수하고
통일이 되는
날이 되기를
기다린다.

3학년 4반 함가영

3-4
함가영
통일
동일이 되면
신나게 놀거다
그네도 타고
친구랑도 놀고
놀이공원도 갈거다
한입만
동일은 이만큼
좋은 일이다

3학년 4반 황권중

통일이 된다면

황권중

통일이 된다면
북한 땅에서
드론을 날리고 싶다

통일이 된다면
북한에서 만든
장난감을 갖고 싶다

통일이 된다면
북한에서 키운
수박을 먹고 싶다